惡 FEAR 鄰

Dirk Kurbjuweit
德克・柯比威特

林師祺——譯

「鄰居的騷擾從行為怪異到讓人恐懼不安……扣人心弦的德國驚悚小說……讓人忍不住一直翻閱，因為想知道這心理折磨是要怎麼走到終點。」

——《AARP 雜誌》

「《惡鄰》逼我們正視膚淺的人類文明有多不堪一擊。而我們任何一個人都可能成為殺人犯！」

——《每日鏡報》

「扣人心弦，懸疑弔詭，不可思議的陰沉……《惡鄰》絕對比得上其他驚悚小說。」

——《世界報》

「令人不安地……柯比威特營造出獨特的懸疑氛圍讓讀者去揣測，到底是什麼原因導致迪特被殺害？誰該為此負責？如果讀者是藍道夫，他們會怎麼做？」

——《出版家週刊》

「這本社會洞察力豐富的心理犯罪小說，審視了當家庭中有人面對嚴重的威脅時，為人父母的壓力與焦慮。有些讀者甚至會替藍道夫的父親加油打氣。」

——《紐西蘭傾聽者》

「力道十足，內容多層次。」

——《法蘭克福新報》

「德克・柯比威特揭露，文明生活表層下就潛伏著邪惡。」

——《亮點週刊》

「這是個跟謀殺有關的故事，是一個心理驚悚故事，還有其他更多。」——《藝術焦點》

「探討道德議題的智慧犯罪小說。」

——《書單評論》

「當我們覺得生活飽受威脅，自由主義價值觀有多重要，這本含蓄又引人入勝的懸疑小說提出深思熟慮的睿智答案。」

——德國《布莉姬》女性雜誌

「《惡鄰》動搖了我們的道德準則，我們因此同情起暴力復仇，成了命案共謀。我們希望死者活下去嗎？不，我們不願意。我闔上這本書許久之後，依舊沒改變心意。了不起的成就。」

——赫曼・柯賀，《命運晚餐》作者

「一部駭人、充滿創意的驚悚小說，探索心理層面威脅的精采傑作……我很喜歡。」

——喬安娜・哈里斯，《濃情巧克力》作者

「關於偏執狂妄想與過往回憶，完成度極高的敘事層次，足以將父母心底最深處的恐懼玩弄於股掌之間。」

——費歐娜・巴頓，《只有她知道》作者

「寫得太精采了。故事畫面栩栩如生……家庭場景，有個住在地下室，令人毛骨悚然的男人，讓人惴惴不安的故事……」

——芮妮・奈特，《免責聲明》作者

獻給我的孩子

1

「爸？」

父親沒回應。現在他幾乎不開口了。他不是老糊塗，沒痴呆，也沒患阿茲海默症。我們之所以知道，是因為他偶爾還是會說話，雖然很難得，但是他的措辭依舊清楚又有邏輯。爸今年七十八歲，但是他並未喪失記憶，我去探望他時，他認得我。他會對我笑，雖然只是微笑，但他向來如此——疏離又含蓄，總之他認得我，也很高興看到我。這就非同小可了。

「狄芬塔勒先生？」父親沒回答時，卡基會提醒他。有時父親對卡基比對我更有反應，我因此覺得嫉妒嗎？老實說，是有那麼一點。但是話說回來，如今父親整天多半和卡基待在一起，我很慶幸——想當然耳，他們合得來。客觀說來，卡基尊重我的父親，我不知道他對所有犯人是否都像他對我爸這般溫和、友善，恐怕沒有，儘管我從未看過他與別人的互動模式。

今天父親對卡基也沒反應，他靜靜地坐在桌邊，目光低垂、雙手垂在身體兩側，彷彿半睡半醒。他偶爾會往前傾，我都嚇得半死，因爲父親如果撞到金屬桌面，肯定會受傷。然而他從沒彎到那麼低，每次都突然停住、坐正。今天也一樣，但是我永遠無法習慣，每回都心驚膽跳。我看到卡基往前走又鬆口氣，他也隨時準備出手。我們都很小心，不希望爸爸出事。

我來這裡探望父親已經半年，看到他這模樣依舊覺得悲傷，他穿著老舊的襯衫、褲子，也沒用皮帶。我們帶來新衣服，想讓他穿得更有精神，但是他堅持套上穿慣的舊衣服，有何不可呢？他坐在那兒感覺好陌生，因爲他的椅子遠離桌子，我的這張也是。我們面對面坐著，但桌子不是我們之間的連結，不允許我們坐在一起。如今我們比以往更親近，桌子卻隔開我們，至少就我看來是如此。可惜我無法移動椅子，因爲椅子都釘在地上，桌子也是。

父親想說話也能開口，但是他不肯。他大概累了，痛苦又漫長的人生令他疲憊不堪。我們以前從不了解他，但這又如何？他得接受那些挫折、難關，即使那也許只是他的想像。我們不知道他生命中每件事情，沒有人能對另一個人的生命知之甚詳。我們只能不間斷地過著自己的生活，即便如此，也不代表我們對自己的人生就無一不知，因爲有些影響到我們的事情——往往影響深遠——可能在我們不在場時發生，我們甚至都不知情。因此我們不該妄自評論他人的人生，我就不會這麼做。

早上出門前，我告訴妻子，我會去看父親。我向來這麼說，她去的時候也用同樣措辭：「我晚點去看你的父親。」半年的時間不足以抵銷「監獄」這一詞帶來的痛苦，我們無法接受，起初還得先適應這個地方竟然成爲我們的日常。即便現在提起，我依然覺得難受。

父親在他七十七歲那年被判刑，已經在牢裡過了——我不會說是慶祝——一次生日。我們努力炒熱一小時的會面時間，結果不成功。罪魁禍首不是釘死的椅子、金屬桌子，甚至不是鐵窗——再度令人想到這裡不舒適，不該是慶生的地點。罪魁禍首就是我。

前半個小時都很順利，全部的人都唱了生日快樂歌，包括我、妻子瑞貝卡、我們的孩子保羅和小菲、母親，甚至是當天特別對我們法外開恩的卡基。我們吃了母親幫她丈夫烤了快一輩子的杏仁蛋糕，本來她想照常將完整的蛋糕放在烘盤上拿進來，因爲她喜歡當著等著吃的人切蛋糕。然而開恩也有極限，獄方在門口搜身時，我可憐的七十五歲老母親只能眼睜睜看著獄卒將她的蛋糕切成碎片，「我向你保證，我烤蛋糕時絕對沒偷偷放進銼刀。」臉上還硬擠出開心的表情，更教我悲從中來。他們大概相信她，但是規定畢竟是規定。我痛恨這些字眼，痛恨別人明白指出，規定就是爲了預防某些可能發生的事情。自從父親坐牢以來，我常常聽到這些字眼。

我們聊到其他幾次生日——父親尚未入獄前的慶生會——結果我突然發現自己莫名其妙

開始啜泣。起初我以爲有辦法忍住，但是淚珠越來越大顆，最後更哭到難以自已。我的孩子從沒見過他們父親這副模樣，因此驚恐地看著我。卡基，願主保佑他，尷尬地轉頭。原本坐在另一張釘死的椅子上的母親起身向我走來，但是妻子比她先到。她將我擁入懷裡，我的臉埋在她的肩上。幾分鐘之後，我終於哭完，便抬起頭。淚眼矇矓中，我看到父親打量我的眼神饒富興味——我不知道該如何闡述這種特別的好奇。此後我常想起這件事，卻找不到合理的解釋。母親遞來一張面紙，我道歉之後開始敘述父親慶生會的其他小故事，只是說得太快又太活潑。這次我只想趕快打發時間，因爲我想離開，我們都想走。

　　我不該寫這件事，自己父親坐牢時還有這種想法似乎太過分。畢竟如果有人想掙脫，那也是父親，但他走不了。我們想盡快離開，因爲四點鐘快到了，我們將烤盤上的蛋糕挪到兩個紙盤上，一個留給父親、一個留給卡基和他的同事。我們擁抱他，也沒忘記向卡基道謝，父親當然只能留下。他被判八年徒刑，先前坐牢的半年可抵銷，在特格爾[1]已經服刑半年，所以還有七年。如果他表現良好——我們也堅信他會恪守規定，可能三、四年就能假釋出獄。卡基三番兩次告訴我們，沒有囚犯比父親更規矩，這番話更是點燃我們的希望。至少他餘生還可以享受幾年的自由人生，我也是這麼告訴母親。「希望他別死在裡面，」母親往往這麼說，隨後立刻再複述，「但願他別死在裡面。」

「他很健康，」聽到她那句話，我都這麼回答，「一定可以捱到最後。」

「爸？」我和卡基聊了一會兒之後，又喊了一聲。和卡基閒聊就是我在這裡打發時間的方法，多半都是卡基發言——他的最大特色就是健談——這也是好事，對我有幫助，因爲監獄的寂靜令人難以忍受。而且會客室可以聽到牢裡各種稀奇古怪的聲音，例如我無從辨識的金屬聲，聲音不尖銳，而且固定又沉悶。起初我以爲可以聽出節奏，彷彿是有人敲打或正在歸檔資料，後來我才明白是自己想像力作祟，以爲監獄一定充斥著叫罵聲或企圖幹架的爭執聲。其實這片背景聲音沒有節奏，也不是我某次以爲自己聽到的嘆息聲。只是發自建築物深處的陌生又莫名的聲響。我很慶幸卡基嘎嘎作響的柏林腔調可以淹沒那些聲音，他已經當了多年的獄卒——擔任公僕超過四十年——有許多精彩故事可說。其實我不想多了解犯罪或歹徒的世界，但是那個世界挺有趣，何況現在還成爲我們生活的一部分。

卡基很快就看起時鐘。他的直覺無懈可擊，總是知道會客時間即將結束。「該走嘍。」他一如往常地說著，我也心懷感激，因爲這種措辭彷彿是他們兩人要離開愉快的咖啡館聚

1 Tegel，位於德國柏林，當地西北方有個機場，是歐洲的交通樞紐。

會，準備開車回家。家對父親而言就是牢房，但是卡基精心挑選的詞彙多少掩飾了這個令人不快的事實。這就是所謂獄卒的敏感度，世上的確有這種技能。我們很幸運。

在那之前，卡基都靠在開了窗的牆邊。他走兩步迎向我的父親，伸手碰他的上臂之際幾乎都沒開口。他總是這麼做，有一整套反覆操作的慣例。在這個地方，這個動作可說是半正式，警告犯人不要輕舉妄動，因爲卡基再和善，也非盡忠職守不可。我倒覺得他這個動作代表牽掛，想攙扶我父親，儘管完全沒必要，爸可以靠自己站起來。

爸起身，我也離座，稍微擁抱彼此（現在我們辦得到了），他便轉身離開，卡基就走在旁邊。父親比他的警衛高，他瘦高的身材有六呎二吋，肥胖的卡基只有五呎六吋。爸爸依舊如同往常一般健康，但是已經開始落髮，雙腿也隨著年紀彎曲，走起路來左搖右擺，猶如水手。但是他沒跑過船，只當過黑手，後來成爲業務。

他們離開之後，另一個獄卒出現，我不知道他的名字。他也很胖（這裡有許多人都是），看起來只是公事公辦，並不友善。他送我出門時，我們一句話也沒說。我終於看到街道，路上有車子、鳥兒，和風吹動樹葉，一片生機盎然。我按下汽車遙控鎖，二十步之外，我的奧迪車燈快活地閃了幾下。

2

父親為何入獄？我毋須隱瞞，他犯了過失殺人罪。

他之所以只被判刑八年，是因爲他認罪，而且動機似乎沒有一般殺人犯來得殘暴。我們接受判決，雖然心裡難過，也無法說正義不彰，父親也認同。當然，他希望法庭可以從寬判刑，但是他打從一開始就知道自己會鋃鐺入獄。父親完全無法以一時衝動爲由，因爲整起事件經過精心策畫，也是在心智健全的狀態下執行。

審判從頭到尾都沒提過父親的年齡，畢竟他不是老糊塗才犯下罪行；但是我認爲判刑時，法庭倒是將他的年紀列入考慮。法官希望他的人生還能有所寄望，可以期待自由自在地與家人安度晚年。他可能在坐牢一、兩年後減刑，我們把所有希望都寄託在「日間居家拘留」；父親白天可以回家陪我們，晚上再由我載他回特格爾。「去特格爾」是我們愛用的另一種措辭，那個地方在其他人口中是機場，對我們而言是監獄。

老實說，我和這起殺人案也脫不了關係。本來可以預先防範，只是我不願意。父親去年九月底來探望我們時，我就知道他的打算。那天豔陽高照，我們家開了窗戶，聽得到街上所有聲音。我在柏林的住處外鋪的是石子路，隆隆車聲有時令在家工作的我難以忍受，妻子認爲我太敏感。有一次我告訴她，叔本華認爲對聲音敏感象徵高智能：一個人越敏感，可能越聰明。「你的意思是——」她開口。「沒有，」我回答，「我沒有那個意思。」沒多久，這場對話就演變成婚姻生活中最可怕的唇槍舌劍。後來我道歉了，那句話不夠厚道，但也許正確無誤。

我正在等父親，他前一天就說他要來，他一出家門，母親就打來說他最晚兩小時後抵達。我們家最近有這個習慣，因爲母親認爲父親不該再開車，如果他沒在預定時間內抵達，我就得立刻展開尋人任務。瑞貝卡和我都認同母親的看法，也不喜歡讓孩子搭他的車，父親本人倒是一無所知。否則他一定會傷心、生氣，因爲他依舊自認駕駛技術一流。

等待父親的當兒，我心想，連車都開不好的人是否還有好槍法。當然，這一槍也不可能有多難，他一定辦得到。我發現自己還開始想像他開這趟路出狀況，就不必證明他槍法沒問題了。只要出點小意外，他便來不成，也殺不了人。當時我始終認爲整起事件就是預謀殺人，後來律師才告訴我，技術性而言，這件案子算是非預謀殺人罪，這種罪名的刑責也比較輕。

其實我不希望他路上出狀況，我想要命案成立。我已經考慮很久，現在非執行不可。此時妻子帶孩子回她娘家，條件再合適不過。那是父親最後一次開車，理論上應該很順暢。因爲我聽了廣播，路上沒有任何塞車狀況。

幾部車轟隆隆地開過，我終於看到父親將福特停在我家屋外。這棟房子是別緻的十九世紀樓房，用的是木樑，砌的是紅磚牆，有塔樓、凸窗和屋頂窗。我家是一樓，室內寬敞，屋頂挑高，有灰泥線板，還有我們一家專用的院子。這棟建築還有二樓、閣樓和地下室，總共住了四戶。

我開門看到父親時，納悶他把槍放哪兒去了。他通常放在左側胳膊下的槍套裡，也可能放在小行李袋中。以前他常帶著小皮套，就像抽菸斗的人用來放菸斗、壓棒和菸草的那種小袋子，只是父親放的是瓦爾特ＰＰＫ、格洛克或柯爾特[2]手槍。我們某年聖誕節送他這個袋子，媽媽、姊姊、我和弟弟合資，但我忘了是哪一年。他用了一陣子，大概是爲了討我們開心，沒多久又用回他的槍套。就他看來，槍放在胳臂下更有道理，因爲他可以迅速拔槍。如

2 Walther、Glock、Colt，分別是德國、奧地利和美國的製槍公司。Walther PPK（Polizei Pistole Kriminal）的袖珍手槍也是〇〇七的隨身武器。

果是皮套，還得先拉開拉鍊，浪費寶貴的幾秒可能會害他沒命，父親大概這麼想吧。

這天父親穿了格紋外套、灰色長褲、走起來有助步伐穩健的舒適鞋子。也許他希望遭到逮捕時可以穿著得體，不是狼狽就範的落魄惡棍，而是深思熟慮才行事的成熟男子。而且還是爲所當爲，即使其他人可能有不同的看法。

一如往昔，我們打招呼時常常不知道該握手或擁抱。父親遲疑著伸出右手，我正要握住又改變心意，父親也在同時另有打算；我們都放下手，彷彿靈魂出竅般地擁抱對方，沒用一點兒手勁，沒碰到彼此的臉頰，抱過之後都迅速別開頭；當時我們只能做到這個程度。他進門之後，我幫他泡了一杯濃縮咖啡，父親則從提袋拿出自製的櫻桃和榲桲果醬。母親總是不厭其煩地做果醬，但是連這次的機會也不放過，簡直叫我嘖嘖稱奇，然而這就是我媽。我們父子坐在餐桌邊，我聊起孩子的近況，這是我們之間少數的安全話題。那天晚上，我們看了一場足球賽，是拜仁對上不萊梅，喝了半瓶紅酒便上床就寢。我們誰也沒提起迪特·提貝瑞歐斯。

隔天父親坐在沙發上看《汽車博覽》，他每次來作客都會帶一疊雜誌，而且看一整天都不膩，大概每篇文章都讀過。現在我去看他之前都會去報攤買光一半的雜誌，多半是汽車、槍枝和政治評論類的讀物，父親對政治非常有興趣。也許他在牢裡沒那麼痛苦，因爲他可以盡情閱讀，沒有人打擾，也不必因爲沒花時間陪伴別人——例如他的妻子，或是多年前需要父親的孩子們——而感到愧疚。

父親來訪的第二天，什麼事情也沒發生。迪特．提貝瑞歐斯在地下室照常過生活，我沒聽到他的聲音，只偶爾聽到馬桶沖水聲，所以他一定在家。事實上，他時時都在家。那天晚餐時，爸爸聊到汽缸頭還是汽化器科技的發展——我記不清楚了，後來又說到約旦河西岸的以色列建立定居點一事，因此又扯到中東的歷史，他也喜歡閱讀歷史書籍。我們喝光剩下的紅酒，因爲時間將近午夜，關於以巴衝突的話題也說得差不多了，我們便上床睡覺。我很驚訝，他等什麼？我們先前的確沒討論過，但是他來這趟的目的顯而易見，全家都心照不宣。肯定不是我誤會吧？

隔天早上，我起了個大早，走進院子。因爲已經幾天沒下過雨，我開了灑水器，水灑在草皮、花床和灌木叢上。當時我大概希望聽到槍聲，至少表示一切都結束了，可是我只聽到啁啾鳥啼和時不時傳來的車輪壓過石子路的聲響。我繞著屋子外圍走，經過地下室的窗戶。地下室共有四面窗，最左邊那間是迪特．提貝瑞歐斯的臥室，中間是廚房，最右邊是客廳的正面，客廳側面還有另一扇。這些窗戶又小又低，只比地面高一點，迪特．提貝瑞歐斯就住在這麼陰暗的地方。我繞一圈沒看到他，因爲必須彎腰才看得到，我當然沒這麼做。也許他看到我的腳，這我就不知道了，當時他只剩下十分鐘可活。

我回到公寓時，父親坐在餐桌邊，面前放著一把手槍，那是瓦爾特ＰＰＫ，用的是七點六五釐米的Browning子彈，這是我後來看起訴狀才知道。顯然檢察官想展示他在武器方面的博學多聞，而我雖然有這麼一個爸爸，在這方面卻一無所知。我完全不了解槍械，也沒興趣探究。

我問父親要不要喝濃縮咖啡，他說要。我起床不久後就開了咖啡機，先暖機，而那台美麗的機器是義大利品牌Domita。我轉開濾網把手，將小濾網換成大濾網，因為我自己也想來一杯。然後將濾網把手放到磨豆機下，機器啓動之後轟隆隆地碾磨豆子。咖啡粉末緩緩填滿濾網，我取來填壓器——有黃檀握把的結實金屬，將粉末壓實。接著將把手放回咖啡機，在出水口放好兩個杯子，再按「啓動」。咖啡機發出低沉的怒吼，深褐色的油亮咖啡直直瀉進杯裡——每次看都覺得壯觀。你眞迷戀濃縮咖啡，有時妻子會戲謔地說。我這種人凡事都要做到入迷、出神，不只惹毛身邊的人，我自己也很煩。我們默默啜飲咖啡，桌上的手槍就像個金屬問號。我們眞要這麼做嗎？

接下來發生的事情以起訴狀的文字說明最清楚：早上八點四十分，被告赫曼．狄芬塔勒（也就是父親）帶著合法取得的瓦爾特ＰＰＫ手槍離開他兒子藍道夫的公寓，走向地下室。

他可能敲門或按電鈴，誘使地下室的房客迪特・提貝瑞歐斯開門，然後近距離瞄準他的頭部開槍，導致提貝瑞歐斯立刻喪命。

事後，我打電話報警。這是聽從父親要求，但是無論他是否開這個口，我們都會這麼做，不會瘋狂大逃亡，也不會隱匿犯罪事實。我們坦蕩蕩承認行凶，至今依舊秉持同樣的態度——這句話我可以說得理直氣壯。

接電話的人是萊丁爾巡佐，他幾乎是和藹地與我寒暄。我們很熟稔，他知道我住在哪裡，因為他這幾個月常過來，有時甚至對我們的申訴忍俊不禁，但是他一聽到我說發生命案，口氣立刻變得正經八百。其實我報案的措辭是經過精心斟酌：「我要報警，出命案了。」

「是尊夫人？」萊丁爾巡佐問道。我聽得出他口吻中的警戒不安，老實說，還真讓我分外痛快，因為警方始終不覺得我們的問題有多嚴重。

「謝天謝地，不是我太太，是迪特・提貝瑞歐斯。」

話筒彼端靜默了幾秒，我真想知道萊丁爾當時想些什麼。

「我們馬上過去。」

父親收好行李，穿上格子外套，再度坐在餐桌邊，瓦爾特 PPK 手槍就放在他面前，我又幫他泡了一杯濃縮咖啡。以前他出發回家前，我們有時就像這樣地坐在桌邊——通常旁邊還有母親，因爲他從沒獨自來過——荒謬的是，我說的話和往常一模一樣：「東西都收齊了嗎？沒忘了什麼吧？」

父親又去浴室檢查一遍，發現落了刮鬍膏。

「多檢查幾次總是不會錯。」我說。

「誰曉得我何時才能拿到下一罐。」他回。

門鈴響起時，我剛想到，他在牢裡也許不能用剃刀，所以也不需要刮鬍膏——儘管我根本不了解牢獄生活。萊丁爾巡佐和另一個我也熟悉的同事雷薛夫特最先抵達，後來又來了其他人，包括穿制服的員警、便衣警探、醫生、鑑識人員和法醫。

父親告訴萊丁爾巡佐，說他對地下室的房客開槍。此後他沒再開過口，從頭到尾都沉默不語。警方沒對他出動手銬，也許是因爲他年紀老邁，我對此心懷感激。他離開時，我們相擁道別，這次總算好好擁抱，那是此生前所未見，又長又溫馨的互擁。我們緊貼著彼此，他說了一句話，也許外人會覺得不解。他說：「我以你爲榮。」——這句話沒有其他含意，只是一個入獄前的父親評估他與兒子的關係之後所做的結語。他從未說過這句話，即使是類似的讚美都沒提過。也許他想明白點出，在迪特．提貝瑞歐斯這號人物出現前，他認爲我的人生功成名就，無庸置疑，而迪特．提貝瑞歐斯只是人生中的小插曲，多虧那槍瞄得準，如今那個小插曲也成了過去式。他想直截了當地告訴我，儘管我們多年來都沉默相向，但是他知道我做得有聲有色，希望鼓勵我朝同一個方向繼續邁進。我認爲，那就是他說出那句話的原因。

3

我眼眶泛淚？應該沒有。書寫最後那幾句時，有那麼一刻，淚水彷彿就要奪眶而出，結果是我誤會。只是泛水氣吧，就是眼睛上覆著一層薄翳——沒什麼，很正常。我這會兒正坐在書房桌前，時間剛過十一點，孩子們當然上床好一陣子了。瑞貝卡幾分鐘前進來道晚安，手撫著我的臉頰親我。「寫個盡興吧。」她站在門口回頭看我——她常說這句話。也許她略感不安，因爲她不清楚我爲何要寫下這件事情，也不知道內容會寫些什麼。

我只說希望一吐爲快，想傾吐的就是提貝瑞歐斯案。我對妻子說的這番話不是謊言，只是沒有全盤托出。我沒提到，並非所有事情都天下皆知——有件事還隱而不宣。當然，我們常頻繁地聊到這件案子，也將自己的傷痛、憤怒和恐懼一股腦兒地傾倒給對方。我們的婚姻雖然千瘡百孔，倒也實實在在地通過了考驗。然而，我依舊有些事情說不出口。

我向來不擅言詞。但是口才辨給也不是壞事——至少我不會責怪這種人。我開口前一定先傾聽，在衆人面前發言也不覺得輕鬆，但還辦得到，不至於太糟糕，也不算木訥寡言。我的意思是我話不多，不是舌粲蓮花、伶牙俐齒。對我而言，口語表達的能力並非渾然天成，就像走路，都需要費力，但是我能輕鬆接受這個事實，有時甚至覺得很榮幸。也許這就是我選擇書寫的原因，也可能是因爲我還有幾件事情瞞著瑞貝卡。

坐在這裡的心情眞好。一旦入夜，這條街很安靜，沒有輪胎壓過石子路的隆隆聲。鄰居的車——有些巨大無比，恍若龐然大物——停在人行道邊，猶如房子的兄弟姊妹。爲什麼近年來車子越做越大？爲什麼和人一樣高，或像卡車一樣長，又或兩者兼具？這些四輪驅動的車輛待起來太舒適，人們何時會捨棄房屋呢？我是建築師，這就是蓋房子維生的男人腦中的沮喪念頭。也許這只是黃湯下肚之後的酒後思緒，不過我下定決心，撰寫這篇報告時的飲酒量絕對不超過半瓶玉液般的黑標特釀紅酒。今晚，我只喝了一小杯，但是酒精濃度高達百分之十四點五的紅酒絕對不容小覷。

胡說，我沒喝醉。我看著窗外的路燈，那是煤氣燈，有著筆直的綠色杆子，款式不算華麗，金屬罩底下發出溫暖的柔和光芒。有人提議移除這些路燈，顯然是因爲煤氣燈比電燈更不環保。也許吧，然而我們極力反抗這項提議。我們並未組成民間團體，這條街的居民沒那麼戲劇化，只由對街的輻射學家負責蒐集連署，我自然也簽了名。在我看來，街燈的意義不只提供照明，也該提供溫暖。如果我沒弄錯，這就是人類懂得圍在營火邊以來，對光線所賦予的意義，光應該帶來溫馨，而不是叫人毛骨悚然。但是電燈，尤其是新近製造的燈泡，總讓人不寒而慄。

我聽到喀嗒聲，那是我們的狗狗走在拼花木板地上的爪子聲。牠從孩子的床上跳下來，正要走去廚房喝水。我們的貝諾是羅德西亞脊背犬，魁梧又強壯。貝諾沒受過攻擊訓練，但是牠又讓我們重拾安全感。儘管樓下鄰居死了，我們一家還是緊張兮兮。現在不會了。要不是迪特・提貝瑞歐斯，我們也不會養貝諾。

我之所以寫下這件事，是期待筆述比口述更輕鬆。但是為妻子補充細節之前，我必須先交代來龍去脈。有件案子發生了，這是我們希望的結果。但是一如所有罪行，之前必然有一連串的事件所致。我想說出整件事的全貌，而非只是隱而不宣的部分，未公諸於世的細節才能得到理解，得到客觀的公評。坐在這裡寫作眞開心，我看著煤氣燈，看著路燈溫暖的光芒投射在鄰居屋外的偌大車體上。燈光籠罩下的夜間街道是如此靜謐，輻射學家的客廳閃爍著電視機的灰色光線。

我和父親一樣，都愛看歷史書籍，當然也熟知歷史學家最容易落入的陷阱。回顧某些重大事件——好比世界大戰吧，在那之前發生的每件事情似乎都能看出蛛絲馬跡。我幾乎可以

4

我幾乎不敢寫出這件事，因爲聽起來實在太平凡，總之我的人生始於對戰爭、對武器的恐懼。一九六二年十月，當時懷了我的母親即將臨盆，父親在地下室屯了好幾箱的罐頭和瓶裝水，因爲他們希望面對核戰能有萬全的準備。古巴飛彈危機剛揭幕，天眞的爸媽懷抱著簡直令人感動的希望，以爲躲在地下室就能躲過核彈攻擊。他們計畫等戰火平息、輻射線漸漸消散，就帶著女兒——當時只有一歲的姊姊——以及在地下室出生的兒子回到殘破的地表。

那是柏林高樓地下室的昏暗洞穴，入口只架著一扇木柵欄。爸媽將單車和公寓放不下又捨不得丟的東西堆在那裡，就情感層面而言，那些雜物的價值遠勝過物質層面。這些東西裡有一套百科全書，每月還會寄來最新卷。這套叢書之所以突出，不是因爲可靠的知識內容，而是那暗示著所費不貲的豪華裝訂。上門兜售的推銷員說服奶奶買下，她後來又送給媳婦；雖然母親只受過九年的教育，百科全書精緻的封面卻騙不了她，遂把整套書放進地下室，倘若事後需要還能找出來。我相信，這裡還放了馬鈴薯。結果地下室不是我降臨人世的地點，醫院才是。我在十月三十日離開母親子宮時，危機已經解除，赫魯雪夫兩天前宣布從古巴撤回飛彈，甘迺迪不屈不撓的堅持得到回報。

這些大事左右了我的命運嗎？我注定終生活在恐懼中？不，父母親有不同定見。他們認爲我象徵和平，代表希望。母親提到那段時期時說，赫魯雪夫態度軟化，我才能平安、快樂地長大；她的態度當然帶著戲謔，任何母親提到這些事都是同樣的態度。在她內心深處，赫魯雪夫是顧及她和她的家人才退讓，這點並不深奧難懂。

古巴飛彈危機發生時，全世界都擔心迫在眉睫的末日威脅，當時我剛好在母親子宮內純粹是巧合。然而這件事對我的人生是否沒有重大影響，依舊不好說。當年我的母親肯定膽戰心驚，她可是住在冷戰前線的柏林。即使俄國人看在東德分上，沒摧毀柏林，美國人也會動手消滅東德。飛彈來自東方、西方都一樣，爸媽自認會成爲戰爭的受害者。

我猜，孕婦的恐懼更是加倍，除了擔心自身安危，還要照顧腹中胎兒，她想保護骨肉，又無法善盡職責。因爲行動能力格外受限，她更是脆弱。我住在母親子宮時，她就是懷著這種心情。我不知道母親的恐懼對胎兒的影響，也沒讀過相關文獻，但不禁要懷疑多少有幾分關聯。坦白說，我以前從沒想過這件事。自從認識迪特・提貝瑞歐斯，自從揣測起自己的人生與戰爭的關係，我才開始覺得糾結。我們過去是不是太怕他了？我們的恐懼所為何來？我的驚恐來自母親多年前的擔心受怕嗎？果真如此，一九六二年底出生的孩子就會個個天性畏縮，這根本不合常理。

時至今日，我依舊認定自己的童年生活很正常——物質生活不太充裕、打過幾次架、家有慈愛的父母、大姊和年齡相近的弟弟。我們住在柏林西北方的新興住宅區，紅磚大樓之間有青草地、遊樂場和當地足球隊「勇士〇四」[3]的球場，而我就在那裡的少年組擔任守門員。儘管當時是冷戰時期，爸媽顯然覺得那個城鎮很安全，我記得常獨自搭公車，那時我肯定不滿十歲。因為十歲生日不久後，我們搬到柏林北部近郊，爸媽在那裡買了一棟兩戶共用一堵牆的樓房。所以回憶起來更輕鬆，因為我清楚記得哪些事情發生於搬家前，哪些又是搬進新家之後才發生。

我獨自搭公車絕對是搬家之前。我已經忘了為何頻繁搭車——應該找時間問問媽媽——總之我在淺黃色雙層公車上花了相當多的時間。公車一到站，我會擠到隊伍最前面，衝上狹窄的階梯，搶上層第一排座位。對我而言，其他位子都很遜，只要看到兩張最前排的位子都有人，我就會再等下一班。那兩個位子的視野最好，有時還會覺得自己坐在移動懸崖邊緣，腹部因而感到隱隱約約的刺麻。

我記得去公立泳池回程時的氯水氣味，記得吃薯片吃到指尖都磨痛，記得在德國暨美國嘉年華會上吃到第一個漢堡（多年後才有麥當勞）。我記得當地圖書館有多安靜，也記得我因爲過期還書所致的罪惡感。

我也記得搭地鐵，尤其是列車直接過站不停的空蕩蕩東柏林車站，我在一片漆黑的車站中看到沙包和拿著步槍的士兵。我這輩子第一個驚醒的惡夢就是列車卡在那裡，所有乘客都被迫下車，只能任那個黑暗世界擺布。那就是當時的東德留給我的印象：陰暗的地鐵車站、布蘭登堡門周圍的空曠荒涼。

爸媽帶我們去觀光，姊姊、我和弟弟都去了。我們全家登上觀景台，俯瞰柏林圍牆的彼端。牆外空無一人，廣場毫無人煙，街道杳無人跡。小時候的我想不通，東德爲什麼要築起巨大高牆、建立崗哨、堆起沙包，還找士兵巡邏？除了廢棄車站和冷清的廣場、街道，他們要保護什麼？我從父母的言談判斷，圍牆後面的世界很邪惡，然而他們究竟壞在哪裡？當時我不知道，也不在乎。只要不經過那些無人車站，我就會忘記自己住在圍牆外，也不記得父

3 Wacker 04，創立於一九〇四年的柏林足球隊，一九九四年解散。

母口中的這道圍牆就象徵敵意。

我親自體驗到那種敵對狀態的經驗只有一次。約莫一九六九或一九七〇年吧，那時我大概八歲，東、西德幾年後才簽署中轉協議，方便我們輕鬆地通過東德。我們要去拜訪母親的父母，也就是外公、外婆，他們住在伍珀塔爾[4]。以前我去看過他們一次，那次是搭飛機。爸媽將行李搬上我們的福特 12M 轎車，我發現他們很緊張。父親只要一緊張就暴躁，他對我大吼大叫，還從後座把姊姊拖下來，因為她太早坐上車，母親還沒把最後幾袋行李放到腳踏墊上。父親負責搬運，媽媽負責收拾、裝箱，這就是兩人各自分配的任務。他有力氣，她有技巧，還有不可或缺的樂天心態，才能繼續將行囊塞進近乎全滿的車裡。

父親滿頭大汗，不是因為又接又扛，那部分的工作早就完成，而是因為看到冒汗。12M 的彈簧和避震器已經往下沉，屋子外面的空地還有袋子尚未放上車。我記得停車場很空曠，某個有遠見的人預想到車滿為患的未來才做此設計，他的確料中。如今柏林幾乎沒有免費停車位，即使我們這條街也沒有，而且這一區的人口密度還不算高。最後父親終於走開，因為他無法忍受看母親繼續塞啊擠的。這種情形並不希罕，每當碰上棘手狀況，爸爸往往會離開，但是他一定會回來。我們都知道，所以不擔心。

母親塞進最後一件行李——也就是她的化妝箱，便去喚爸爸。姊姊、四歲弟弟和我站在本毫無來由，爸爸不可能開槍掃射，他的手上根本沒槍。幾年後母親才告訴我，我們的確有理由心生畏懼。父親受不了連續幾天手無寸鐵，下班後便留在經銷商車庫，在車上焊接祕密的小匣子藏左輪手槍，難怪他一路都緊張兮兮。

請注意，前面和後面裝箱、開箱的乘客也都心慌意亂，氣氛相當恐怖。我們小朋友看著能幹的母親平靜地拿出一口又一口的箱子，父親則是動也不動，不是恐懼，就是憤怒，也可能兩者兼具；總之他只能機械式地聽從她的吩咐，雖然拿出行李已經比堆進車裡更容易。接著對方又命令爸媽打開行李（語氣同樣簡短），媽媽獨自著手照辦，爸爸只能坐在副駕駛座邊緣，腳踩著柏油地，頭埋在手中。母親在兩個軍帽男子的注視下，只用左手從箱子裡拿出褲子、襯衫、裙子，因爲她右手得抱著開始哭泣的小弟。

有時我們會在家裡舉辦晚宴，而且次數還不少。說是晚宴，其實只是人數衆多的聚餐，起初我們採用誇張的說法，只是爲了諷刺搞笑，後來就成了傳統。某一次餐聚，我們聊到「尊嚴」，我提起母親。我描述她當時如何蹲坐在行李箱前，拿出一件又一件的衣物，給邊境警衛看過之後才堆到一旁。她取出每樣東西，甚至包括她的內衣、褲。她慢條斯理，不爲所動又鎭定從容，每件都舉給警衛看過才放下。么兒在旁邊啜泣，丈夫震驚到心情低落，女兒尿急又不敢開口，長子則是害怕下一件胸罩或襯衫底下就是一把槍。母親拿出所有內容物，重新裝回箱子、袋子，再以同樣的高超技巧和樂天心情把東西塞回車上，全世界都會以為她整理得很開心。父親沒看著她，他已經回到駕駛座，眼睛直視前方的哨站之外。媽媽裝完所有東西，禮貌地道別，向警衛祝好才上車。我們以一百公里的時速離開，一公里也不超過。

有個客人是電影製作公司的導演，他聽到這裡打斷我：「幾十年來，西德人因為恐懼害怕，總是以最規矩的言行舉止畏畏縮縮地穿過東德，凡事遵照指令，以免被處以罰鍰。如今他們卻指責東德有同樣的反應，但東德人的下場可是遭到逮捕、關進包岑[5]監獄。」

「你以前住在東德？」另一位醫生客人問。

「不是。」導演回答。

「但我是，」在廣播電台主持深夜文化節目的記者說，「我也同意你的說法。西德人一進入東德，行為舉止就與東德人無異。只要有機會，我們德國人就是喜歡唯命是從。」

接著便是一番激烈討論，我只能惱火地坐著。我說出跨越邊界的往事，是為了描述母親的態度有多鎮定，根本沒想到有人會說她是自願順從。最後記者說，服從權威的過程的確有

5 Bautzen，專門囚禁東德政治犯的小鎮，位於德累斯頓東部。

可能展現自尊自重，如同我的母親。大家都認同，那天晚上我才覺得好過一點。

我依舊記得從檢查站開到外祖父母家的可怕經歷，那趟車程長達五小時。姊姊始終尿急，爸爸卻拒絕開進任何東德休息站，我好怕她尿褲子。後來到外公外婆家，又去荷蘭海邊度假，我記憶最清晰的事就是阿姨在許多親戚聚會的場合上說：「藍道夫向來沒有意見。」後來我常聽到這句話，妻子又比別人更常提起。

5

我最快樂的童年回憶——所謂的童年是我們住在新社區樓房的時期——就是去父親上班的福特經銷商據點找他。他原本擔任技工，但是我有記憶以來，他就是業務員，套用他不久前對我說的話，我也以他爲榮。我會自己搭公車過去，也喜歡去找他，因爲我喜歡新車，喜歡它們亮晶晶的車體，喜歡金屬、皮革、塑膠的味道，喜歡車子隱含的野獸暗喻，喜歡它們在我想像中動也不動，卻又能在下一刻迅速飆馳。

爸爸掌管這些狩獵巨獸，但是我也很清楚他不是經銷商主管。主事者是他的上司，一個名叫馬修斯基的男人，是董事長的兒子。然而父親才是負責整個展售間的人——包括那些巨獸、其他業務員和顧客。我喜歡看他從一部車走到下一部——起初是17M或15M，後來有領事、快百里和跑天下，更晚又多了天蠍星和蒙迪歐，只是那時他不再讓我引以爲傲。父親對那些車子如數家珍，他對福特推出的每部新車都瞭若指掌。在一九六〇年代，聽到別人介紹車子，顧客還會表現出讚嘆的心情，因爲那是他們第一部車，也可能是因爲他們尙未喪失對工業科技的敬畏心情。對我而言，父親不是業務員，他可以讓人驚嘆連連，可能比較像魔術師。

我不敢說，也是這個人每週六帶我去射擊俱樂部的靶場，雖然我先前就成功阻止他將我培育成獵人。才六歲時，我就和他坐在高架小屋裡等小鹿出現，但我光顧著哭鬧，他只好帶我回家。雖然我不必踏上狩獵之路，他依舊希望我成爲射擊選手。每週六，我們開上高速公路，下萬湖交流道，沿著鐵路往南，後座就放著附了掛鎖的皮套。

我不太記得靶場，也不想開車回去重拾兒時往事。但只要稍微努力回想，就會記起一間販售香腸的小木屋，旁邊有兩三個靶場、一個射箭場。第一個小時勉強能忍受，父親去打靶，我在射箭場閒晃，看弓箭手練習或幫他們撿起沒射中標靶的弓箭。那裡很安靜，我也覺得頗自在。父親到射箭場接我回靶場，才是恐怖的開始。

因爲我還太弱小，握不好手槍，前面的架子上會堆著一個沙包。當時我大概八、九歲，雖然不矮，卻很清瘦。我戴上耳罩，父親將子彈送進槍膛再交給我，動作可說是相當輕柔。我接過槍時總是驚慌失措，因爲我知道自己可能會打傷或打死某人，包括我自己。雖然戴了耳罩，我依舊能清楚聽到槍聲，甚至清晰到耳朵發疼。後座力將我的雙臂往後扯，我覺得好痛。我開槍前，爸爸會矯正我的姿勢；之後則是一如往常地挑剔每件事情。不消多久，他就會筋疲力盡，畢竟他不是有耐性的教練。因爲戴著耳罩，我幾乎聽不見他說的話，但我又不想拿下來，因爲左右兩側隨時有人開槍。因此我根本聽不懂他說了什麼，只看得到他的表情，他越來越不耐煩，最後怒不可遏。

如果情況不樂觀，也就是我開了第三、第四槍，還學不會正確的呼吸方法——吸氣、呼氣、吸半口、閉氣，或是我在最後一秒突然駝背採取防禦姿勢，他便會轉身走開。我站在原地，孤立無助，旁邊盡是戴著護目鏡的男子，他們一語不發、靜止不動、屏氣凝神，沒看到我多痛苦，也不在乎。我心想，這些人也許是爲了殺人而練習。父親當然會回來，沒有一次例外，然而這點在靶場是無濟於事。他會冷靜下來，但是一切又會周而復始：有聽沒有到的話、他的表情、因爲失去耐性而生氣的扭曲五官；或者該說是暴怒，因爲生氣是形容凡人，暴怒則是衆神才有的情緒，無所不能的父親在我眼中就等於暴怒的天神，好比戰神愛力士。我無路可逃，只能開槍，有時甚至可以打中槍靶。

這場折磨結束之後，我們坐在木棚。我吃著香腸，喝著檸檬汁，父親喝著啤酒——永遠只喝一杯，清理我們剛用過的手槍。木棚裡還有其他人，但是我們通常自己坐一桌。父親從以前到現在都不擅社交，他去靶場是爲了練習，不是去交朋友。

有時木棚會出現某名女子，她總令我心神不寧。在我讀過的書和漫畫中，女性並不開槍，只要她們一出現，很快就會有接吻的場景。我不但看著尷尬，也覺得厭煩，因爲故事步調會變慢，而我最感興趣的又是情節本身。追捕罪犯或印第安人的情節突然被打斷，直到男主角結束煩死人的那一吻。因此我覺得靶場那名女子很可疑，爲什麼要走到桌邊敲敲木桌？她對爸爸有什麼目的？他也會回敲桌面，女人便走到下一桌，敲其他男人的木桌。最後，她會在圓桌後的角落長凳坐下，最熱鬧的嬉笑怒罵聲就從那裡傳來。我始終盯著她看。

爸爸一邊清理手槍、喝啤酒，一邊計畫不久後要買給我的槍——那就算聖誕節和生日禮物，因爲手槍價格不貲。那將是我第一把槍，我自己的武器。我忘記他輕聲絮叨的型號名稱，只記得當時的氣氛。我已經把一週的苦難拋諸腦後，父子倆討論適合九歲孩子的各款手槍優、缺點時，我就沉浸在慈祥的父愛和他讚許的心情中。

即便我不想擁有手槍，無論如何都不想接觸，卻很享受與父親悠遊在想像世界中。他會想出各式各樣的美好事物，興高采烈的模樣彷彿一切已經成眞。雖然我在靶場的差勁表現不過是不到一小時前的事，而且每星期都重新上演，他總想像我用自己的手槍拿下德國青年組冠軍，而且那個夢想讓他很開心。我幾乎可以看到自己手持獎盃。

我和父親相聚最快樂的時光，或者該說是我覺得最幸福的時刻，就是週日到森林散步。

我們全家一起去，但是一小時後，只有我跟得上邁開大步的父親，姊姊和弟弟則踩著碎步跟在母親身邊。一旦只有我們兩人走在前頭，父親便開始描述將來我們倆將踏上的旅程。毫無例外地，每次的旅程一定都是去冒險犯難。爸爸小時候看過許多歷險奇遇故事，所以富有冒險精神。如果他這個冒險家始終未展開旅程，我知道他一定有理由，那就是沒有旅伴。這點很快就會改變，當時我九歲，隔年就滿十歲，十歲已經很大，可以出發尋奇了。我走在父親身旁，聽他講述我們父子將來的旅行，同時調整心態，準備隨時陪他上路。

我們可能會進入高山的冰天雪地，只能靠特殊設計的睡袋和帳篷才能活下來；我們走進荒郊野外，好幾天都看不到一個人，只看到美洲野牛（有時還會射殺牠們。因爲我們槍法了得，晚上就用營火烤來吃）；我們深入白沫浪花的峽谷，熟練地划著獨木舟穿過急流。我屏息聆聽，情節比我從圖書館借來反覆閱讀到過期的小說還緊湊。聽過父親的故事，我自以爲也能過著冒險犯難的人生，或是雖不中亦不遠矣。

6

我有個快樂童年，眞的，只有打靶例外。母親有時會拿木衣架打我，但是這種懲罰在當年很普遍，尤其我在學校表現不佳，作業不及格，還大剌剌地簽了：已讀，了解，伊莉莎白．狄芬塔勒，一九七二年四月十四日。我很擅長僞造簽名，但是偶爾還是會被逮到，那時候就得面對木衣架。

父親從未打我，只有媽媽會動手，但我不認爲那是家暴。朋友都經常挨打，那就是當時的教養方式。直到我十七、八歲，和母親吵得天翻地覆，我才怨恨起她打我，拿這些事情批評她。不過那招也只是爲了將早有悔意的媽媽逼到死角，將孩提時代的痛苦轉爲對我有利的條件。我提這件事只是爲了攻擊她，而非眞心認定自己受虐，這種態度當然不值得驕傲。雖然我沒打過兒女，有時也忍不住想動手。

約莫一九七二年九月的某個週六早晨，我告訴父親，以後不想再陪他去靶場。以前我都不敢說出口，但是十歲生日就快到了，最晚那年聖誕節就會收到手槍當禮物。一旦收了槍，我再也不可能擺脫每週一次的打靶練習。到時爸爸就能說：「你知道這樣一把手槍要多少錢嗎？」對於在拮据環境下長大的孩子而言，這句話相當重。

長久以來，我都以爲家裡財務吃緊，是因爲汽車業務員的薪水微薄，即使此人之高明一如魔術師。的確，賣車不會發財。基本工資低，但是靠賣車佣金還是可以過上舒服的日子。我們的問題在於父親常買新槍，可能是手槍、左輪槍或獵槍。他從沒告訴我們他有幾把槍，就連母親也不知道確切數字。到了一九八〇年代時，她猜至少有三十把。

因爲我們生活窘迫，沒辦法每年去度假。我記得放假時，我就騎單車在附近到處繞，拚命想找和我一樣無法出遊的男孩。這是我對爸爸懷恨在心的少數事情，他應該多帶我們去海邊玩；例如去北海小島阿姆魯姆（Amrum）——我跟著校外教學去過一次，也從白沙丘上溜下來——或我們和媽媽親戚一起去的荷蘭海濱諾德維克。即使他不只喜歡槍，還需要槍，十到十五把也已經綽綽有餘。

然而父親的確察覺長子不想當射擊好手——這點我不得不稱讚他。他問我爲什麼不想再陪他去靶場，我的回答既傲慢又膽怯：「不好玩。」爸爸看著我，眼神並不憤怒，只是失望，後來就自己開車去靶場。我再也沒去過，他也沒再邀我一起去。我本來擔心他會懲罰我，結果沒有；他沒冷落我，散步穿過森林時依舊講故事給我聽。以後要並肩開創的歷險世界始終等著我們，我還是他的小夥伴。至少，就我看來，這點無庸置疑。

多年後，我透過兒子才發現，當時我週末不肯再去靶場，父親有多失望。保羅五歲時，爺爺送了一張槍靶給他，那是一張約十五公分見方的紙板，中間有個黑色圈圈，圈圈內有幾條半徑不一的白線畫出同心圓，黑圈圈外則塗成黃色。紙板上有六個小洞，都集中在黑圈圈的中央，有些甚至疊在一起。「爺爺說你以前槍法很準。」保羅給我看槍靶，我接過來又迅速還給他，接著便轉身走出房間。父親留著這張紙板三十五年。

我不記得自己槍法好，只記得很害怕，記得爸爸勃然大怒，記憶就是這麼一回事。放棄打靶之後又過了幾週，我才發現姊姊週日早上都不在家。我問媽媽，她說姊姊和爸爸一起去靶場。我很詫異，她不是女生嗎？然而我也沒放在心上，也許她可以學會開槍，但是女生沒辦法當旅伴——這點我很清楚。

我的童年沒什麼大事，朋友來來去去，小時候討厭女生，後來又喜歡她們——那些害羞的輕吻、三兩句話的情書。媽媽會拿木衣架修理我們，也會陪我們一連玩上好幾小時，例如跳棋、飛行棋或挑竹籤。父親則坐在沙發上看書。我的記憶都是斷簡殘編：洋蔥花紋的橘色壁紙；綠色窗簾；電台沙啞的聲音說某個重要人物——大概是戰後第一個總理康拉德．艾德諾（Konrad Adenauer）吧，但是我也不確定——的葬禮正在進行中；爸爸突然抓狂，因爲學生上街對抗警察。那一定是一九六七或六八年，沒多久之後威利．勃蘭特（Willy Brandt）便當選，我記得當時常聽到他和足球員法蘭茨．貝肯鮑爾[6]的名字。我們家沒有電視，所以我到朋友家去看體育新聞和《星艦迷航記》。媽媽幫我們縫製寇克艦長和史巴克等人胸前的徽章，她用紙板先剪出缺角的三角形，再用黃色的碎布包覆。我記得學校帶我們搭泛美航空到漢堡時穿著藍色制服的空姐，記得慕尼黑奧運爲那些在恐攻中喪命的以色列代表團所舉辦的追悼儀式。我記得幾次輸掉的扭打（並無大礙），記得接受學校心理學家的評估（結果是一切正常，但是我後來才明白所謂的「抑制型攻擊行爲」）。「沒問題。」心理學家告訴我母親。「沒問題。」她告訴我。

我的童年很正常——這點我相當堅持。媽媽教我祈禱，我每晚都感謝主賜給我快樂生活，祈求我能繼續過開心日子。這就是有力證據。日後我曾想過自己不可能擁有快樂童年，因爲當時我們父子感情不睦。我不想承認他給我幸福的孩提時代，這種想法很傻氣，也很低

6 Franz Beckenbauer，德國傳奇足球員，有足球皇帝之稱。

劣。在我痛恨武器，支持和平運動的歲月中，父親帶我去靶場彷彿成了虐童惡行。

然而回首往事，如果兒時並不覺得不幸福，你有權利認定自己有悲慘童年嗎？我不認爲。我的確不喜歡上靶場，但也只是去了幾個週六。許多家長不也想讓孩子分享共同的休閒娛樂？射擊又有何不可？畢竟那也是奧運項目。何況誰能斬釘截鐵說孩子在網球場或溜冰場就不會有創傷？

不，我不允許誰說服我孩提時期過得不快樂——當然，除了我自己之外，沒有任何人這麼做過，只有幾年前去看過的心理醫生除外。當時我的人生陷入低潮。他要我別再樂觀看待每件事情，後來我只去了幾次。

7

買下公寓時，我們的孩子分別是兩歲和五歲。當初我們和其他三間屋主約在一樓喝咖啡；其中包括地下室的業主，那名五十多歲的男子是洗衣店經理，看起來絕對買得起比簡陋狹小地下室更昂貴的單位。其他兩戶都是年邁長者，他們說那棟樓已經多年沒有小朋友，也該是時候添點熱鬧了。他們很和善，但是沒有人告訴我們地下室的屋主並不是住戶。

諸位可能疑惑建築師為何買公寓，而不是自己蓋棟房子，何況我的專長就是設計獨棟樓房。事實恐怕就是我想到要蓋自己的房子就隱隱不安，彷彿害怕我這種人可能會搞砸自己的家。當然也牽扯到錢。我想蓋的房子完全超乎預算，我很清楚銀彈不足迫使好點子胎死腹中令人多難受。

客戶通常滿懷理想地找我蓋一百萬歐元的樓房，這個數目還不包括土地。他們希望室內有三百平方公尺（約九十點七五坪），還是擁有無敵美景的樓中樓；他們希望建築物正面底部鋪上石板，希望套房浴室裡有上等木材製的浴盆。光是木盆就要價九千歐元，業主初次聽到殘酷眞相就會率先刪除這項。第二回合的討論則終結石板和樓中樓，如此這般不斷來回協商，最後客戶只好將就以四十五萬歐元（同樣不包括土地取得成本）蓋出兩百二十平方公尺（六十六點五五坪）的兩層樓住家，最後還超出預算五萬歐元。到頭來，他們都有辦法解決，不是銀行同意貸款，就是爸媽先分遺產；最後則搬進偶有別緻設計——例如幾個磨圓的角落——的新古典風格樓房。我寧可跳過大費周章東砍西刪的階段。

我第一次見到迪特．提貝瑞歐斯是我們搬進新家六週後，但是妻子已經與他打過幾次照面。她說，他有點奇怪，但是很友善。我問，妳說奇怪是什麼意思？她不置可否地聳聳肩，我便忘了這號人物。某天晚上下班回家，我不小心錯摁他家電鈴，他上樓開門。喔，錯了，他是用力推開。

「你要找的應該不是我。」他說。

我驚慌失措，目瞪口呆地盯著他。他身材矮胖，但不是腦滿腸肥的鬆弛模樣，胖得很結實；看起來筋骨柔軟、有彈性，彷彿是上了年紀的體操選手，大概四十歲左右。他有顆大腦袋、高額頭，髮型類似貓王，所有頭髮都往後梳。他的眼神閃爍著某種我不熟悉又覺得反感的詭譎光芒，我無法確切指出那究竟是什麼——絕對隱含狡猾，也許還有惱火情緒，因為我打擾他；但是他看我的眼神一點也不帶大剌剌的威脅恫嚇，不殘暴，也沒有惡意。那眼神更像是求生意志和恐懼——其實我也不清楚。也許我現在回顧往事才有這種想法，我近距離看到他的次數只有幾回。

「抱歉。」我終於開口。

「沒關係。」他咧嘴笑。

我走了幾級台階，敲敲我家大門。我很震驚，完全沒有其他詞彙可以描述當下的心情。而且我立刻覺得買下這間公寓是錯誤決定，雖然迪特．提貝瑞歐斯看起來不可怕也不嚇人，眞的。頂多只能說他「不尋常」，迪特．提貝瑞歐斯不同於常人。這不足以構成不願意或害怕住在他樓上的原因，我腦中卻浮現這個念頭。

我們對他一無所知。他顯然沒上班，妻子說他即使出門，也馬上拎著超市的袋子回家，不是附近兩家有機商店的袋子，而是有折扣出清的超市。地下室的窗簾永遠不拉開，但是會透出電視的光線，有時也會聽到節目的聲音。他看的電影不壞，都是好萊塢經典，不是亂七八糟的垃圾。他很喜歡達斯汀．霍夫曼，我常聽到《畢業生》、《霹靂鑽》、《窈窕淑男》、《雨人》的片段。

頭幾個月，一切風平浪靜，我放下心裡重擔。他對我的妻子和子女很客氣，有一次還用他的電腦給我兒子看了一支動物短片，因爲妻子沒意見，我也無所謂。他會烤餅乾，留一盤在我家門口，還壓張便條寫著：「送給芳鄰」，我們也吃得一乾二淨。無庸置疑，迪特·提貝瑞歐斯擅長做餅乾，孩子開始喜歡這個人。週日在前側客廳吃早餐，一定能看到他九點準時出門，十點半回家。我們以爲他和我們不同，有上教會的習慣。我們家只有聖誕節才去，我的確也在聖誕節當天看到他高唱「噢，何等喜樂」。我看到他時，他正站在二樓邊廂，從欄杆邊俯瞰教堂中殿的我們。

一月時，妻子說迪特·提貝瑞歐斯烤餅乾給他們吃的頻率越來越高，她回家時，他還會幫她開門，因爲開關就在他的住處。

「他彷彿正在等我。」妻子說。

她回家時，門口往往擺了一盤蛋糕或披薩。她覺得受人監視。

「要我去找他談談嗎？」

她躊躇片刻，想了一想說：「算了，他只是想示好。」

此刻我怪罪自己爲何不出面，爲何不去找他問個清楚。也許事情就不會演變到今天這個地步，雖然可能毫無助益，我還是應該試試看。

根據我的日記，我頭一次記載事情急轉直下的日期是二月十一日。地下室後方是我們家的洗衣間，迪特．提貝瑞歐斯聽到我妻子去晾衣服的聲響就出來已經有段時日。他會和她攀談，語氣友善，甚至相當快活。起初妻子也不覺得有異，做瑣碎家事有人陪並不壞。但是那一天，她從洗衣機取出內褲拉平，迪特．提貝瑞歐斯說：「妳穿起來一定很好看。」這句話令人無法忍受，無恥又低俗。妻子假裝沒聽到，逕自晾好內褲。迪特．提貝瑞歐斯轉換話題，她裝得若無其事地取出所有衣物。當天晚間，妻子便告訴我，當時我就該暴跳如雷地走去地下室教訓他，結果我沒有。那天我回家比較晚，妻子已經上床，我躺上床之後，她才提起此事。我嚇壞了，說隔天早上會去找他，但是我沒去，那是我第二個錯。

二月十九日，妻子在門口踏墊上發現一封情書，晚上便拿給我看。字跡工整，可說帶點稚氣，拼字正確無誤。迪特．提貝瑞歐斯信上說她漂亮又和善，他愛她；因爲他在育幼院長大，可能感情太過豐富。荒謬至極，我不得不捧腹大笑，一個醜陋的矮胖子愛上我美麗又聰明的妻子，我可能對瑞貝卡也這麼說。在往後的七個月，我們想的、說的、做的，都與我們對自己的看法、與我所謂的文明中產階級價值觀大相逕庭。一切就從那一刻開始，冷酷的措辭、自命不凡的態度帶領我們走向野蠻境地。

我仔細斟酌他在育幼院長大有何影響。因爲從小吃盡苦頭，學會在夾縫中存活，所以他比普通人危險？抑或因爲沒有家人支持，所以比常人來得安全？我沒找到答案，也想不出來，因爲周遭沒有人在孤兒院長大，但是迪特．提貝瑞歐斯清楚知道自己踰矩，倒是讓我稍微鬆了一口氣。我認爲他提到孩提背景等同道歉，也自認有能力對付這種男人，因此帶著信走到地下室，敲了他的門。門內沒有任何動靜，他的公寓安靜無聲，我聽不到電視的聲音。我摁電鈴，喊他的名字，依舊沒有回應。我相信他在家，他晚間從不出門，所以他躲起來了，因爲害怕。這點也讓我感到安心，原來我打從一開始就小看迪特．提貝瑞歐斯。

二月二十二日：在踏墊上看到一本書，指名要送給瑞貝卡。那是費茲傑羅的《大亨小傳》，我不知道這是否隱含特殊涵義，卻沒有結論。我看那本書看到半夜，找不到任何關聯。

三月十日：瑞貝卡打到公司找我，語氣相當憤怒。提貝瑞歐斯又寫信給她，信中提到他經過我們家門口，剛好聽到「脫褲子。」他認爲我們可能虐待孩童，他本人「小時候在育幼院」就遭到性侵，因此「對這類事情相當敏感，也許太過神經兮兮。」我告訴她，我馬上回家去找他，說得斬釘截鐵。「我去過了，」她說，「把他罵得狗血淋頭。」那個可憐的混帳東西應該被罵慘了。

如今我看到這些字都羞愧。當時我下筆沒多想，因爲我很清楚妻子歇斯底里尖叫的模樣。

但是那天我還是趕回家。祕書幫我叫了計程車，我衝下樓，等得很不耐煩。上車之後，我不知道該不該揍迪特．提貝瑞歐斯，但是我十歲之後就沒打過架，只是偶爾和弟弟打著玩。儘管我的和平運動時代早就走入歷史，我依舊不贊成以暴力解決紛爭。我在計程車上沉思，也許應該大聲怒罵他，只是我沒吼過任何人，甚至對孩子都沒有。碰上難纏的狀況，我通常平靜又冷漠，我沒有大吼大叫的習慣。也許我有辦法稍微提高音量，讓他知道我很憤怒，或許可以收到嚇阻的效用。

我很後悔，他的猥褻指控所致的怒氣在我抵達家門時已經消退，我甚至覺得如釋重負。這樁荒謬插曲彷彿大大減低他的威脅性。

我後來在日記中提到他一定有病。我不覺得他有何危險，只擔心他很詭異，令人覺得不自在。

聽到「脫掉你的褲子」就想到性虐待的人，肯定是神經病，有小小孩的家庭一天會說上十幾次。就算想對我們雞蛋裡挑骨頭，也不會想出這麼荒謬的指控。但是我們可以和內心如此不純潔的人住在同一棟樓嗎？難道不覺得反感？

我到家之後直接走進公寓，擁抱妻子、孩子；小朋友完全不知道發生什麼事情，只是驚訝父親下午就回家。妻子已經冷靜下來，迪特・提貝瑞歐斯已經上樓鄭重表示歉意，他也不知道自己怎麼會有這麼離譜的想法。有時他會「發作」，大概和育幼院的成長背景有關。他只想和鄰居和睦相處，往後一定會朝這個方向努力。

「我是不是該去找他談談？」我問妻子，這又是另一個錯，我不該把決定權交給她。她大發雷霆之後已經發洩情緒，他來找她談又不斷道歉，也讓她放心。她希望他改過自新，我太大意才會這麼樂觀，應該下樓去找他。

接下來五個星期都沒發生任何事情，我們自以爲洗刷罪嫌，已經理智地解決令人不悅的插曲。有時我們會聽到《窈窕淑男》的對白或沖馬桶的聲音，但是沒再看到餅乾、書本、寫給妻子的情書，迪特・提貝瑞歐斯漸漸淡出我們的生活。

8

那一年的四月十五日，我從法蘭克福出發，飛去峇里島參加婚禮，中途到新加坡轉機。我隻身赴會，並未攜家帶眷。簡短討論之後，我們都同意來回搭機各十四小時的五天行程對兩個幼童太辛苦，何況兩地還有六小時的時差。老實說，這個結論頗令我開心。我們當然照顧得了保羅和小菲，但是我不想帶他們去，如果我沒記錯，也是我先發難說不該讓孩子活受罪，瑞貝卡也同意。

現在我應該敘述我們夫妻被捲入這起騷動時的關係。保守說來，我們的婚姻就是出了問題，責任恐怕在我。我們沒有情緒失控崩潰，沒有經常起口角衝突，沒有人甩門離家，彼此也不恨對方，一丁點也沒有。只是結婚之後，我漸漸抽離；不是疏離孩子，我疼愛子女，喜歡陪他們玩，與他們聊天；享受天倫之樂勝過喜歡獨處。我指的是婚姻，是我和妻子的關係。

我不知道當初是怎麼開始的。除非一方主動攤牌，或地下情曝光那類，否則不會有人知道婚姻觸礁，可是這種情況不能套用在我們身上。最恰當的說法，就是我長久以來一小步一小步地遠離我的婚姻。通常只要發現苗頭不對，我就會設法解決問題；當時我清楚知道，「家裡還好嗎？」的答案已經與事實不符。我的答案總是「很好」、「美滿幸福」，並且搭配燦爛的微笑。即使後來不是出自真心，我依舊這麼回答。

某個晚上在柏林高級餐廳「赫定」用餐時，我有了一點領悟。那家餐廳是米其林一星，《高特米魯》[7]也給它十八分。每張桌子都坐滿歡欣鼓舞的情侶或小團體，「赫定」的佳餚一上桌，人人都滿心歡喜。唯獨一張桌子只坐了一名男子，他也覺得雀躍，細細品嘗獨享的大餐。他吃了六道菜：第一道是海膽佐花椒、鳳梨，接著是鮑魚，第三道是鱸魚佐阿爾巴松露和二十四年的清酒，第四道是乳鴿佐蜜桔、甘藍，第五道是神戶牛佐甜菜根、黑松露，最後則是海鹽焦糖百香果與板栗——每道都由侍酒師搭配不同的葡萄酒。每道菜上桌前，男人就用軟鉛筆在拍紙簿上畫畫。他正在描繪樓房草圖，看上去心滿意足，甚至可說是樂不思蜀。儘管他對面的椅子空著，他卻不需要任何陪伴。我就是那個人。

那天晚上，我只有一次感到悶悶不樂，因爲我想到別人成雙成對，自己大快朵頤似乎有點怪；況且妻子只能待在家裡看書，照顧沉睡的子女。我就是在那時發現，我不喜歡和妻子共處，我不斷避開她，獨處或是陪伴孩子才是我的幸福時光。可是我刻意壓抑這種想法，沒再深究。我把鮑魚殼帶回家，那個殼是黑色和珠母色相間。「有個打算搬到柏林的日本客戶送我的。」我這麼告訴妻子，儘管我不知道又稱為鰒的鮑魚螺和日本有無關聯，況且我怎麼會有日本客戶？我從未接過日本客戶。瑞貝卡很開心，完全不疑有他。

我獨自外食已經持續一段時間，打從我還能說自己婚姻美滿時就開始。有時案子進度延宕，我得加班。如果不想吃一般披薩或外帶中華料理，就去公司街角的義式餐館畫草圖，有時還會帶著筆記型電腦。妻子很同情我，她知道我要拿出最好的工作表現就得偶爾犧牲家庭時間。沒多久我就受不了義式餐館的食物，因為菜單一成不變，老闆也只是假扮義大利人的保加利亞人。我對保加利亞人沒意見，但是我吃義大利料理，就想看到義大利人，想聽到他們說 prego（不客氣）、grazie（謝謝），也許他們還會堅持要說 grazie dottore（謝謝博士），儘管我沒有博士文憑。這些話保加利亞老闆都說過，態度和藹可親，還摻雜著義大利腔調。然而我一發現他是保加利亞人，便開始尋找另一家，我選了更好的餐廳，越找越高級，最後終於成為老饕等級的食客。這種喜好所費不貲，根本就是太過昂貴，但是我不在乎。我沒向

7 Gault Millau，一九六五年由兩位政治新聞記者 Henry Gault 和 Christian Millau 所創的美食指南，嚴格給予每個餐廳一到二十的點數，創辦人一生都未給出滿分二十。

妻子報告晚上的行蹤，她以為我在公司或轉角的便宜義大利餐館打發晚餐，卻很驚訝我們的存款迅速消失。

我在家裡也躲著她。下班回家後，我不會去廚房問候削蘿蔔皮或馬鈴薯皮的妻子，反而直接走進孩子的房間。我大可理直氣壯，因為孩子整天都沒見到父親，他們需要父親，那是理所當然，不在話下；但是說來難堪，他們也是我不必和妻子獨處的擋箭牌。我看著她，前提是我真的正眼瞧過她，卻不為她的美貌所動；我聽她說話，前提是我真有聽進去，其實卻是有聽沒有到。究竟是什麼原因讓我和當初深愛的女人漸行漸遠？

我知道「我不曉得」不是好答案，但也只能從這裡說起。我的疏遠無可解釋，原因不明，確切時間不得而知。一切發生得不知不覺，是日積月累所致。我淡出這段婚姻並非存心蓄意，也沒有任何導火線，就只是隔岸觀火。第一，當初我毫無所覺。透過手機，我們可以拉遠彼此的距離，又不至於失去聯絡。在高級餐館收到妻子甜蜜的簡訊，我滿心歡喜，當時我可能正在等下一道佳餚，也可能懊惱地盯著兩百五十歐元的帳單——當然不包括服務費，所以應該是兩百七十歐元，畢竟做人不該小氣——我的回覆同樣充滿濃情密意。我不孤獨，有家室的人即使落單都不寂寞，因為他知道他隨時可以回家看到心愛的家人。因此，獨處也許是一大樂事。

吃完晚餐，我有時也不會直接返家，而是到酒吧喝杯內格羅尼[8]。我可能會和酒保聊起家人，提到我可愛的孩子、集美麗與智慧於一身的賢妻。爲了不讓對方懷疑我爲何沒帶集美麗與智慧於一身的賢妻同行，我會說自己住在法蘭克福，來柏林是出差，此時想念她想念得緊。叮，收到一則簡訊。超級疲倦。開心工作，我可憐的丈夫，上床時親我一下，嗯？「這就是她傳來的，現在要去睡了。」酒保一邊幫我調另一杯內格羅尼，一邊聽我說，我們還會相視而笑。

「堅不可摧」是我在這種場合最愛用的詞。「我們當然也有自己的問題，」我說——對象可能是酒保、朋友或泛泛之交。「有甜蜜時光，也有低潮難關。可是所有夫妻不都是這樣？有一點非常篤定，我們的婚姻堅不可摧。」這四個字強而有力，意謂絕對的團結和亙古不變的情誼。但是爲婚姻貼上這種標籤，實屬愚蠢。何況現代人總是隨心所欲地結合，我行我素，心血來潮就分道揚鑣，根本不會有人有意見。婚姻不再是神聖不可褻瀆，這種制度已經崩潰，我們必須自立自強。

8 Negroni，起源於義大利的經典調酒，以琴酒、金巴利酒、甜苦艾酒加冰塊調製。

瑞貝卡和我處理得並不好。我回家之後，語氣會更溫柔，身子更往前駝。我變得更矮小，動作更緩慢，完全沒有架子，也沒有太多情緒波動。我一進家門就切換到上述模式，和妻子擁抱、交換幾句日常對話之後，就到孩子的房間。即使保羅和小菲睡了，我也不會找妻子閒話家常，而是拿本書看。沒有心靈交流的一天又過去，但是我告訴自己，我們都還留在婚姻中，依舊堅不可摧。當我清楚看到我們的婚姻正在緩緩凋零，我就會用這強而有力又恐怖不安的四個字安慰自己。

9

每當我閉關冥想，就發現自己算是沉默寡言的類型，即便一連幾天不說話、沒聽到一句話也不以為意；有時我會到阿姆魯姆五天，在泥濘的平地或沙丘上散步思考，或是在咖啡館、餐廳畫草圖，其間只要和服務生說上必要的幾句話，哪怕只是一個字也不多說。我可以泰然自若地獨處，以前也認為全世界大概只有我一人獨處也不覺得沉悶。我還認定，唯有和自己對話才不會招致誤解。我沉迷於這種想法，不可自拔，好一個傻瓜。

事實上，任何人和我太太相處起來都不覺得無聊。她比我或我認識的所有人都睿智、健談、有創意，個性開朗、沉穩、幽默、大方，即使滑步式的腳步都不脫優雅。我坐在家中書桌前，瑞貝卡常走到我背後，手搭到我肩上才嚇到我。我不會聽到她的腳步聲，即便她在公寓都穿著高跟鞋，即便我們家是鑲木地板。我一工作起來的確忘我，但是哪個女人穿高跟鞋走在鑲木地板上可以寂靜無聲？曾經有人如此形容詩人安娜・阿赫瑪托娃[9]，「她走路不落地……」妻子就是這樣。

可惜她的聲音高頻又容易破音，這通常也無妨。平日意見不合不是大問題，我們往往只是爭辯而非吵架，問題也能迅速解決。重點都說完，再說下去也只是進入爭吵的迴圈時，瑞貝卡便會搖頭說：「藍道夫藍道夫藍道夫。」已經面帶微笑的我會用批評兼原諒的語調說：「瑞貝卡瑞貝卡瑞貝卡。」有時是我先說「瑞貝卡瑞貝卡瑞貝卡」，她再回「藍道夫藍道夫藍道夫」。這種回音般的和解階段一定有用，屢試不爽，我們知道彼此的脾性。

但是我們恐怕不只是日常意見分歧。沉著自若又開朗活潑的妻子偶爾會徹底抓狂，彷彿自殺客般地炸開。這個比喻低俗卻中肯，因為瑞貝卡發飆時，就算只有一時半刻，討人喜歡的特質也會消失殆盡。我無法確切指出哪些事情會引爆她的地雷，多半都是奇怪的小事。

例如有一次，我宣布一月一日晚間要出差去慕尼黑，因為隔天一早有約。我沒想到瑞貝卡會介意，畢竟除夕派對過後的大年初一原本就形同報銷。你只能等宿醉好轉，看著電視轉播飛躍滑雪比賽，心想要不要實踐新年新計畫，早早上床就寢。每個人在一月一日當天都沉默寡言，活在自己的世界，如同平日的我。沒人有興趣聊天，也不想撥時間和家人團聚。然而瑞貝卡聽到我的計畫卻大發雷霆，從椅子上跳起來，伸長手臂用食指往前戳。我怎麼忍心在假期丟下家人？難道我做人沒有下限？她大吼大叫，整張臉漲紅，脖子上的青筋暴露。我看她一眼就知道，多說多錯。

實不相瞞，我看到她抓狂總是不知所措。我會呆若木雞，全身緊繃，心跳加快，腦子似乎要炸開。這種情況令我心生畏懼，我想跑開，但無法動彈，我想說話，卻開不了口。表面看來，我彷彿石化，其實內心波濤洶湧。

瑞貝卡必須摧毀某些東西，才能控制怒火。她將一只玻璃杯丟到地上，往牆上丟了一個盤子。以前她會拿起廚房或客廳水果缽中的柳丁，丟向牆壁，力道之大，柳丁都爆開。後來證明，這種出氣方法尤其昂貴，因爲我們喜歡公寓看起來乾淨俐落，所以得找專業人士換壁紙或重新粉刷，現在我們也不買柳丁了。瑞貝卡只要砸爛杯盤便會冷靜，她會緊緊抱住我，摸摸我的頭，在我耳邊低語「對不起」。我得花點時間消化吸收，才能說我原諒她，幫她一起收拾殘局。

她不常發作，約莫兩三年一次，有時我們也會聊起這些事情。我不明白瑞貝卡發什麼瘋，

---

9 Anna Akhmatova，一八八九—一九六六，俄羅斯著名詩人。

或是該如何避免，但是她本人也不比我清楚，我們都認為我只能忍受。

「你做得到嗎？」她曾問我。

「當然可以。」我親她。不可否認，家裡氣氛不甚融洽時，我偶爾也會覺得焦慮，或是裝得比往常更體貼，以免誤觸地雷。我並不特別喜歡那時候的自己。

「是她發脾氣抓狂，逼得我只想躲開。」當時我和弟弟並肩坐在溫特費爾德廣場附近的小酒吧「布隆」的吧檯。弟弟每次來柏林，我們就到這裡光顧。

「不能怪她，錯在於你。」

「但是她有必要出手嗎？」我問。

「因爲你不給她任何關愛。」

「要不是她發瘋攻擊我，我也不會吝嗇。」

「別這樣，」弟弟說，「一次就好，拜託你別動不動就消失。」

「我才沒消失。」我不服氣。

「當然有，」他說，「就和我們小時候一樣。我們都坐在客廳，媽陪我們坐在桌邊玩，你卻莫名其妙不見。」

「那是爸不好，」我說，「我討厭和他共處一室。」

接著弟弟說出我無法忍受的話：「你就和他一樣。」才怪，就算一樣，我也不希望任何人指著我的鼻子說。

我用手掌推弟弟肩膀，並不特別大力，但手勢也不輕。他也推回來，只是力道很大。我左手握著的內格羅尼潑到褲子上，我放下杯子，縱身躍起，抓住弟弟衣領，把他從高腳椅上拉起來。他襯衫上的兩顆釦子飛開，我們扭打成一團，但是時間並不長，因爲酒保擋在我們中間。

「你們最好離開。」他說。

我們付錢閃人。走出店外就哈哈大笑，擁抱對方，再找下一間酒吧，然後喝內格羅尼喝到清晨。

中午起床時，弟弟和我的妻子坐在廚房喝咖啡，她正在幫他縫鈕釦。

「妳不必告訴他遺傳早就注定我們的人生方向，」我不高興地對妻子說，因爲她常把這句話掛在嘴邊。「他早就這麼認定了。」

「何必這麼刻薄？」弟弟說。

我依舊站在廚房門口。妻子放下襯衫、鈕釦、針線，起身擁抱我。

「我就愛你原本的模樣。」她說。

我右手放在她的臀部，弟弟走過來，將我的左手搭在妻子肩上。

「這樣才對。」他說。

10

迪特·提貝瑞歐斯發動攻擊前，瑞貝卡和我已經「相敬如冰」到幾乎無可忍受。妻子放棄爭取我的感情，不再問：「你怎麼了？」因爲我的答案永遠是：「沒事。」這是最糟糕的答案，應該查禁，婚姻法應該明令禁用，因爲這句話幾乎百分之百是謊言，伴侶也會覺得不知所措，畢竟「沒事」就沒有相對應的解決之道。

我總認爲我們的對話一定會出差錯，果不其然。我們已經習慣這種結果，或者該說我已經習慣。換句話說，我的期待從不落空，我自然習以爲常。

我們婚姻的古怪之處在於當時的性生活反而幸福美滿。也許我該說是我覺得性生活美滿——只是我沒立刻察覺。我耽溺於妻子的肉體，內心驚恐卻興高采烈，因爲我爲性而性，不必付出任何代價。我在床上話比較多，老實說，略顯下流。但是我也傾向於表達永恆的愛，例如宣稱「從來沒有」、「再也不可能」或「絕對沒有其他女人」。即使在我們的關係陷入膠著時，我依然保持這個習慣，也許我說的話不僅指魚水之歡的當下，還有更廣泛的意義，只不過在我狂暴的發洩之後，就把這些話拋諸腦後。

我飛往峇里島一週前，妻子向交歡之後茫然的我拋出一個問題：「你剛剛睡的是誰？」

「妳啊。」我不解地回答。

「不是，你剛剛睡的不是你白天不理不睬的女人。」

「我從來沒想過其他人。」這是事實，我沒有外遇，也沒對誰存有性幻想。「妳以為我有婚外情？」我問瑞貝卡。

「沒，」她說，「我不認為你有女朋友。」

我轉身把手搭在她背上，「我不只沒想著其他女人，腦裡根本沒有其他女人。我就算晚上不在家，也是獨自一人。」我頗為自己的高潔人格感動。

「我知道。」

「妳怎麼知道？」

她說她上週跟蹤我，看到我去了「露娜」餐廳。

「妳監視我？」我憤慨地說。

她說她想知道我為何對她失去興趣，所以某晚跟蹤我，看到她的丈夫獨自坐在昂貴的餐廳，旁邊盡是愛侶，而這名落單的男子，亦即她的丈夫，慢慢拿起叉子，香腸送進嘴裡之前，凝視著食物的眼神彷彿欣賞一朵嬌豔的鮮花。香腸送進嘴裡之後，他閉上眼睛，咀嚼香腸的模樣充滿喜悅。瑞貝卡不斷提起「香腸」，的確，那晚的第三道菜就是手工白肉牛仔腸佐甜菜、黑松露。

眼前出現一幅可悲的景象：身穿卡其色風衣的妻子站在「露娜」窗前，看著丈夫獨自大啖美食。為了讓畫面更淒涼，我想像當時還下著雨，然而我不確定那晚的天氣。

「你知道後來怎麼著？」瑞貝卡說，我的手依然放在她的背上。「你吃完香腸之後拿出手機，傳簡訊給我：還在加班，愛妳，親妳。」她開始哭泣。

「我沒說謊，」我說，「當時我還在畫草圖。」

「我相信，」她輕柔地說，「一定的。但是話說回來，」她繼續低語，「我不知道哪件事比較可悲——是看到你和另一個女人在餐廳，還是看到你獨自用餐。」

「對不起。」

她坐起身，伸出食指指向我。「不，我知道，」她的聲音緊繃，帶著哭音。「我知道哪件事比較慘了，看到你對面是張空椅。因為你寧可對著它，也不肯對著我。」我的心跳速度加快。「如果椅子上坐著一個有奶有臀的女人，」瑞貝卡拉高聲音。「就算是世上最堅挺的胸部、最結實的屁股，我還有個實際的對象可以競爭。然而我比不過一張空椅子，也不知道該怎麼拚出高下。」她抓起床頭櫃的鬧鐘，砸向牆壁。

「媽咪？」

小菲站在門口，懷裡抱著綿羊娃娃。瑞貝卡跳下床，奔向她，一把將她抱起來。我看著她們兩人走開，接著就聽到低語和歌聲。儘管妻子的聲音高亢，唱歌卻很動聽。

十五分鐘後，瑞貝卡回房間上床，身體緊緊貼著我，手指伸進我的髮間。

「你不是和我做愛，」她過了半晌才開口，語調平靜。「是和你自己。你是因爲自己才有高潮，我只是你利用的工具。」

「才不是。」我很驚恐。

「噓，」瑞貝卡說，「這件工具是美麗的樂器，就像史特拉底瓦里小提琴，珍貴又精緻。你對待我就像小提琴家對待他的琴，充滿感情、小心愛護、殷勤照顧。你很溫柔，但床上躺的就算是另一個女人，你還是一樣激動忘形。因爲你才是主角，女人是誰不重要。」

我抗議，瑞貝卡一指放在唇上，「噓，」她又說了一次，「該睡了。」

當晚我久久無法成眠。我努力想證明妻子錯了，卻想不出反駁的理由。隔天早上，我問她是否對性生活感到不滿，她說：「我很享受與你上床，不當隱形人的感覺眞好。」

我懷著鬱悶的心情去上班，但是沮喪的時間並不長，畢竟許多事情都能讓我放下心中重擔。至少我們的性生活美滿。至少我們假日或聖誕節的派對都很成功。至少我愛妻子，或者可以說，我說得出我愛她。至少我們四口之家很幸福，這倒是絲毫不假。我們在孩子面前總是開開心心，從無例外。他們沒發現我漸行漸遠。

結婚多年的麻煩在於這層關係已經有各種面向。如果我想認定我們夫妻毫無齟齬，我可以回顧快樂時光，告訴自己，一切順利。如果我要找理由，證明自己不得不躲開妻子，也可以回顧那些低潮時期，就能寫出截然不同的故事，而且有充分理由。我想聽什麼就對自己說什麼，也不做任何改變。

妻子說，這是「反正世界」的特權：「我們是你的家人，永遠都在這裡。你不必努力就能擁有我們，反正我們哪裡也不會去。對你來說很幸運，我們就倒楣了，因爲你不必做出任何改變。我應該掙脫這個『反正世界』，應該離開你或搞個婚外情，可是我不想，我是你的妻子。」

這番話打動我，我終於下定決心改變自己，不要自外於這段婚姻。然而我常常立下宏願，卻隨時會感到氣餒，喜歡說「再一次就好」或「這是最後一次」。我在「露娜」、「赫定」、「史崔」對自己說過許多次。我常說：「這是最後一次吃大餐，以後每個晚上都陪瑞貝卡。」

11

我出發去峇里島時，妻子並未開車送我去機場，因爲她得帶孩子去參加某個活動。門口一吻、匆匆擁抱、小菲放聲大哭，我立刻下定決心再也不獨自旅行。因爲那是最後一次不帶家人出遊，我也打算盡情享受，所以坐在飛機上時已經多少擺脫愧疚的心情。畢竟帶著罪惡感也於事無補，當時我想都沒想到迪特．提貝瑞歐斯。

史帝芬到登巴薩機場接我。我們十八、九歲就認識，所以是多年老友了。我們兩人都拒絕半年的義務兵役，改服替代的社會役，到老人之家工作。後來史帝芬學商，到雅加達的德國銀行上班，娶了印尼女子。現在他是自營業，經手各種我無法理解的複雜金融交易，我們通常聊其他事情。談到私生活更是口無遮攔，還稱之爲「扯屄」，這是我們學生時代自創的詞彙，當時我們甚至討論女友最私密的部位。現在我們扯屄的話題往往是婚姻問題，嚴酷地拿放大鏡檢視自己。然而登巴薩到水明漾的車程太短，來不及聊到那方面。我們只能稍微報告近況，聊起他第二次的婚禮——對象依舊是印尼女性。

婚禮是三天後，我住在沙灘邊的飯店，計畫睡到日正當中，在陽台花上兩個小時讀威廉．福克納的《八月之光》，畫畫草圖，租輕型摩托車逛逛水明漾，大概四點到海邊轉轉。多數婚禮賓客應該早就聚在那裡了，那是片寬廣的白沙灘，有巨浪，溫度直至傍晚都居高不下。我租了衝浪短板，游出去等浪，可惜沒幾個合適的浪頭。我們在海上漂流，彼此聊聊工作、家庭，一看到合適的浪頭，我們就努力追趕等浪崩潰，身體緊貼著衝浪板，努力划水，任憑海浪將我們送向岸邊。衝浪簡單又好玩，大家燦笑得彷彿回到孩提時代。接著有人會去拿啤酒，我們期待看到絕美夕陽，結果每天的海天之間都飄來一排烏雲，太陽也輕蔑地消失在雲後。

每天下午四點半就會有二、三十個印尼人翩翩降臨沙灘，驚擾到某些賓客。他們身穿節慶傳統服裝，裹著頭巾、圍著顏色鮮豔的披肩唱歌，手裡捧著一缽鮮花和貌似聖誕拉炮的長形物體。一到五點就起身，緩緩走向水邊，將懷裡的東西拋進海裡，轉身離去。他們甚至還沒離開沙灘，海浪就將供品打回岸上，這些人也不以爲意。

兩三名婚宴賓客說這是安撫海神的習俗，一定有海嘯警訊。史帝芬嗤爲無稽之談，他的朋友——不住在亞洲，但宣稱讀過許多相關報導——則堅持己見。有些人相信他們，有些不信。我下水瞧個仔細，看到橘色花朵、繫著金色緞帶的編織平安符和棕櫚葉製成的碗盤。此外還有一個塑膠袋裝著一顆雞蛋，只是不曉得這是供品，或是意外被海浪捲走。我不太相信這些大驚小怪的客人，但也沒有百分之百的把握。

海邊有狗狗打架，幾個男孩踢著足球，有時會有小販湊過來兜售船形風箏。有幾個已經飛到我們頭頂上，那是張著黑帆的小船。我買了一個給孩子，努力和賓客攀談，因此誰也不能批評我總是無話可說。然而我對自己即將在婚禮上發表的致詞卻感到憂心。

第二晚，我們去餐廳兼沙發吧 Métis，外面就對著種滿蓮花的長形水池，肥滿的鯉魚在葉子之間游進游出。餐廳有 DJ 放音樂，現場還有樂手吹小號伴奏。我們坐在扶手沙發欣賞蓮花，啜飲草莓莫希托或莫斯科騾子，衣服硬生生地戳著肌膚。我和一位負責緬甸事務的歐盟外交官長談，這位在曼谷工作的女士身穿蒙德里安風格[10]的短袖白洋裝，告訴我許多將軍的軼事，也提到深居湖濱寓所的反對派領袖翁山蘇姬。我們有一搭沒一搭地打情罵俏，只因爲那晚的氣氛就是要調情，後來史帝芬加入。外交官離開，我們開始扯屄。我告訴好友迪

10 荷蘭抽象派畫家 Piet Mondrian 一九二一年的代表畫作，由黑色粗線分隔紅、黃、藍、白的大大小小方格。一九六五年，時裝設計師聖羅蘭以此設計出所謂的蒙德里安風格洋裝。

特．提貝瑞歐斯的事情，但是他問我在這個前提之下，將家人丟在柏林是否恰當，我卻為之氣結。只是話又說回來，我們聊天的目的就是要向彼此丟出最直白的問題。我說迪特．提貝瑞歐斯從未表現肢體暴力行為，所以我不覺得他有危險性。後來我整個人沉浸在小號手的演奏中，彷彿這輩子沒聽過如此震撼靈魂的音樂，原因多少也得歸咎於雞尾酒。

半夜一點開始下雨，劈里啪啦的雨聲蓋過小號。我們等計程車等了許久，有些婚禮賓客續攤去夜店，我直接回飯店，打給妻子。她沒接電話，但是她一定在家，那時是德國晚間八點，也是孩子們就寢時間。如果我在家，我就會念床邊故事給他們聽。當時我的日子充滿各種假設，不在家的我往往鉅細靡遺地想像自己如果正陪伴家人，會做些什麼事情。似乎有一半的我與他們同在——至少我自己是這麼認定——也因此心安不少。

我想到迪特．提貝瑞歐斯，突然開始擔憂，又打了一次，這次還留言。「我愛妳。」這是我的結語。隔天早上，瑞貝卡也留言給我，說孩子都很好，她也是。

婚禮前一天，朋友辦了單身派對。他和麻吉去找樂子，未婚妻則和姊妹去狂歡。我們選的餐廳有超大份的肋排，大家用銳利的刀子從骨頭上切下肉，再大快朵頤。我們在幾家酒吧喝啤酒，最後去的夜店以含有迷幻蘑菇的飲品聞名。我從未接觸毒品，甚至連大麻都沒抽過，這時卻和其他人共用一個杯子追酒。我們這群人共有八個，有隻壁虎貼在牆上。有個人說壁虎沒有眼皮，所以得用舌頭濕潤眼球，所以才會不斷吐舌，我聽了捧腹大笑。有三名女子站在我們桌邊，隨著音箱放出的音樂起舞，動作悠哉又優雅。她們是峇里島當地女子，嬌小、俏麗、年輕。她們穿著高跟鞋、豹紋比基尼，爲我們跳了五分鐘。半小時後，她們又回來。她們很可愛，我看著她們，心裡陶陶然，接著就把這件事拋諸腦後。我不覺得蘑菇對我有太大功效。

我們決定和女賓客碰頭，到史帝芬家繼續尋歡作樂。我坐在摩托車上等其他人時，有個舞者出來站在我旁邊。這時她穿著牛仔褲和白T恤，長髮用紅色髮圈往後紮。她對我微笑，我也微笑致意，只是有點靦腆、不知所措，因爲我不知道她有何目的。其他人上了摩托車，準備出發。我發動引擎時，這名女子上了後座。我順其自然——也只能這麼說。我沒邀她上車，沒開口，也沒招手。我可以怪自己對她微笑，然而沒有法律規定我不准笑。她雙臂繞過我的臀部，手放在我的腹部，整個人貼著我。我們在夜色中馳騁，尋找女賓客，她們也跳上機車跟上我們。我們中途停車，在某家商店買啤酒、葡萄酒、伏特加、薯片和巧克力。那名當地女子問我名字，練習念出「藍道夫」，直到可以完美發音。她名叫普忒。

史帝芬的家在水明漾的山區，就像峇里島多數房子，一側也與戶外相通，廚房邊就是泳池。我們坐在廚房吧檯邊喝酒、吃小點、開懷大笑。兩個男人嗑蘑菇大嗨，開始把女客丟進泳池，自己也下水。不消一會兒，所有人在水裡，我抗拒了一會兒就放棄。另外兩個又高又壯的男子在旁邊草地扭打成一團，活像兩頭公象，最後兩人雙雙落入泳池。大家望著一顆星星也沒有的夜空喝酒、瞎扯淡，有個人說：「只要泳池在我們手中，就讓亞洲人控制世界吧，誰在乎？」每個人都笑了。

後來我們向史帝芬和他未婚妻借衣服，有人穿著合身，有人只求蔽體。某個在歌德學院工作的女子繞著陽傘杆子轉，宣稱她是跳鋼管。接著史帝芬也在旁邊熱舞，還把杆子戳進廚房的電扇。電扇停了一分鐘之後繼續轉，只是歪了一邊，我們笑了又笑。我坐在摺疊椅上，普忒睡在旁邊草地上，當時是早上六點，我考慮是否要帶她回我的房間。

六點半，天光乍亮，我的手機響了。所有人都被嚇到，因爲太多人將來電答鈴設成舊式電話聲響。多數人開始找自己的行動電話，有些人這時才發現他們跳進池裡時也帶著電話一起下水。咒罵聲此起彼落，電話鈴響停了，沒多久又響。我掙扎地從椅子起身——到了這個年紀——已經無法俐落站起來；我發現自己不可能不下水時，便把電話留在吧檯上。螢幕閃著妻子的名字，這時候是德國午夜十二點半。

「喂。」我希望聲音不要透露出剛剛正在狂歡。

妻子驚慌失措，「提貝瑞歐斯在我們家院子。」

12

後來我常納悶，爲何那通電話非得在那個節骨眼響起。我希望是在更恰當的時刻，不要在這麼輕佻的場合給逮個正著。但是什麼時刻才適合發生災難？我們不可能一輩子莊重自持，大難臨頭時依舊維持尊嚴，那就太荒謬了。我想太多，離題了，眞不應該。爲什麼我總爲自己辯護？要戒掉這個習慣。

瑞貝卡已經報警。當晚她提早就寢卻睡不著，躺了一會兒之後起來喝水。我們家的廚房在屋子後方，妻子喝水望著外面的院子時，看到月光下的樺樹後方有人影。對方不可能看到她，因爲她沒開廚房的電燈。她看到人影走出樹蔭，是迪特·提貝瑞歐斯，他正跑過花園，走上通往我家溫室的台階。他在樓梯最頂端靠著扶手，鬼鬼祟祟地望進我女兒的臥房。當時他汗流浹背，拔腿跑回樺樹後方，又跑過去偷看小菲的窗戶。妻子先打電話報警才找我。

「現在提貝瑞歐斯人呢？」我問。

「躲在堆肥後面。」

「拿好麵包刀。」我說。

「已經拿了。」妻子說。

「門窗都上鎖了嗎？」我無助地問。

「當然，」妻子說，又補了一句，「我好怕。」

「警察怎麼還沒趕到？」我問。

「現在他又跑過院子。他不斷來回跑，這是做什麼？」

「天啊，警察呢？」我大叫。

一片靜默。

「他媽怎麼了？」我對電話大吼。「他人呢？」

「我看不到他了，」妻子說。我聽到門鈴，「是警察。」

「回頭再打給我。」我說。

「好。」她掛斷。

我轉身看到派對的殘骸，空瓶、吃到一半的薯片、泳池、躺椅上昏昏欲睡的人們——包括認識翁山蘇姬的女子、剛醒來，對著我微笑的普忒。史帝芬走來關心我，我告訴他來龍去脈，說我會立刻買機票回國。他當然能體諒，還問我是否需要幫忙。

「可以麻煩你送那女孩回家嗎？」我問。

「沒問題。」他說。

我們擁抱，我瞥了普忒一眼，她疑惑地看著我。我到摩托車之後，我騎車穿過漸漸甦醒的城鎮回飯店。

回到飯店後，我立刻打給妻子，但是她說警方還沒離開，晚點再回電。我打包行李、退房，訂好送機服務。

瑞貝卡打來，說警察警告迪特・提貝瑞歐斯。

「警告？就這樣？」

「就這樣。」她說。

「至少也是擅闖民宅吧？」我想搞清楚。

「不算，」她說，「他並沒試圖進入我們家。」

我不懂。就我看來，他已經入侵我的房子，應該有法律刑責。

「騷擾呢？」我問。「他糾纏妳，總有合法程序可以對付這種人吧？」

家裡門鈴再度響起，妻子說來人是她的閨密瑪蒂達。瑪蒂達會陪她過夜，因爲她無法獨自帶著兩個小孩在家。我覺得她特別強調「獨自」有點古怪，但也許我只是多心。

我說我會盡量搭最早的班機回家，本來還要多說幾句，但是她已經開門，我聽到她朋友的聲音。

「再見。」妻子說完便掛斷電話。

我訂機票從新加坡和巴黎轉回柏林，主要是搭新加坡航空。那時只剩下一個商務艙的機位，而且是八小時後的晚間六點零五分起飛。我坐在離境大廳的星巴克，一杯濃縮咖啡接著一杯灌，後悔自己兩個月以來的所作所爲，沒做的事情更讓我沮喪：就是教訓迪特·提貝瑞歐斯要知道分寸，陪伴家人。我後悔不該來峇里島，不該載普忒離開酒吧。我究竟想些什麼？但是什麼事情都沒發生，也算是了不起。

我想到接下來的因應之道，就是諮詢我們的律師，去找提貝瑞歐斯的房東、警察，他非搬走不可。沒有其他解決方法，絕對不和解，絕對不協商，我們不能再和那個男人住在同一棟公寓。我用手機上網查「糾纏、騷擾」，瀏覽了好幾個網站。顯然問題在於對方若沒有暴力相向，另一方完全束手無策。起初我感到消沉，接著又審愼樂觀地告訴自己，提貝瑞歐斯絕對不可能逍遙法外，德國可是注重法治的國家。

下午兩、三點時，我打給妻子，她哭了，而且整晚都沒睡。我把計畫一五一十地告訴她，說我們很快就能擺脫那個混帳，妻子說她要帶孩子到朋友家過夜。我又和保羅、小菲通電話，搬出因公出差那套，說我想念他們，很快就會回家，到時全家一起去動物園。我的聲音沙啞，淚水在眼眶裡打轉。

登巴薩到新加坡的短程飛行途中，我睡著了。

飛機降落後，我立刻打開手機，焦急地尋找網路。妻子留了兩通語音留言，快回電，接著是你怎麼還沒打來。

我立刻打給她，她說提貝瑞歐斯在踏腳墊上留了一封長達三頁的手寫信函。信中說他已經懷疑多時，認為我們性虐待自己的孩子，所以他晚上從花園觀察我們，還握有證據，馬上就會轉交給警方。

我大笑，「這下他死定了。如果他扯這種下三濫的事情，我們很快就能把他攆出公寓。」

「如果警方相信他呢？」妻子說。

「不可能，」我說，「太離譜了。」結果我的手機就沒電。

飛往巴黎之前得等上兩小時，前半段都忙著找商店買適用於新加坡插座的轉接頭。我有個幾乎各國都能用的萬用轉接頭，卻不智地丟進行李箱託運，虧我差旅經驗豐富。

我快速走過成排商店——香水、服飾、電器用品、洋酒等各大品牌——終於買到轉接頭之後又找不到插座。最後我進男廁，用刮鬍刀的插座幫手機充電。人們來來去去，我聽著他們小便的聲音，有些人邊上邊嘆氣。他們在我旁邊洗手，鏡子裡反射出疲憊的眼神。有個男人投來詫異的眼神，他看到什麼？虐童犯？

先前如釋重負的心情煙消雲散。「如果警方相信他呢？」妻子問了這句話。這不是不可能，如今警察對潛在虐童危機戒慎恐懼，當然也不無道理。此時腦中開始跑過一支影片，我後來又看過千百次，而且畫面栩栩如生，猶如觀賞大銀幕，只是整部影片只在我腦中放映。

起初平行移動鏡頭拍的是市郊——妙的是，或者別人不覺得怪，那是美國市郊。因爲我們看的電影幾乎都是美國片，想像自己是電影人物時，總將自己放在美國城鎮或景色當中。所有的房子看起來都一樣，井然有序，草皮修剪得乾乾淨淨，車道上停的都是普通房車。這種市郊最可怕的事情就是在一片整齊劃一當中，任何脫離常軌的事情都格外顯眼。居民正派、莊重，稍微低於標準都會引人側目。

鏡頭停在某間屋子外，慢慢拉近到窗邊，拍到健全家庭的歡樂日常生活。這家人正在吃早餐，母親美麗端莊，父親工作勤勉，一雙兒女活潑可愛，那就是我們。跟蹤偷窺的人出現了，他在屋外鬼鬼祟祟，整個人散發出邪惡的氣息；醜陋、邋遢，看起來心懷不軌，一心只想摧毀所有的美好與純潔。原先這個家庭似乎神聖崇高，但是劇情急轉直下，太過熱心的社工、貪腐的律師、齷齪的記者、滿懷惡意的民眾陸續登場。最後孩子落到寄養家庭，父親鋃鐺入獄，母親只能賣身以求溫飽。

最後一個鏡頭是矗立於餘暉中的房屋，草皮上插著杆子，標示「吉屋出售」。這部影片的謊言是「健全家庭」，我們家一點也不健全。

手機有電了，至少可以開機，我打電話給妻子，告訴她我們沒虐待子女，大家都知道，我們一點兒也不必擔心。

「你在哪裡？」她問。

「男廁。」

「你為什麼在廁所打給我？」我向她解釋手機沒電，我只能邊充電邊講。

「不要怕，」我懇求瑞貝卡，有個男子看著我，他可能是德國人。「我十分鐘後再撥。」

我掛斷電話，等了又等，手機終於又有一點電量。我拔下插頭，將所有東西收進提包，衝出去打給妻子。她沒接家裡電話，手機也連絡不到她。我茫然地在機場內走著，再次經過精品店，聽著廣播宣布：前往吉隆坡、邦加羅爾、墨爾本、洛杉磯和金邊的旅客請登機。

我三年前去過新加坡一次，當時史帝芬在那裡工作。我們去萊佛士飯店大吃大喝，我很快就覺得失望，因為所有歐洲人、西方民主國家的人齊聚一堂，竟然覺得恬適自得。當時李光耀家族已經施行鐵腕政策幾十年，任何違法的人都會面臨嚴酷的刑責，例如鞭刑或死刑。整道主菜期間，只聽到大家盛讚當地多有秩序、多安全。如今我在新加坡等著發往巴黎，心想：如果我非得遭遇這件事情，為什麼不能在新加坡碰上？這裡一定知道如何懲治提貝瑞歐斯，就是祭出死刑。如果沒記錯，這個想法就代表我又更接近野蠻、不文明。

飛往巴黎時，我完全沒闔眼，上洗手間三次偷聽語音信箱，因爲我擔心錯過兒童福利單位的電話，結果什麼都沒接到。我沒戴耳機，看了三部電影，分別是伍迪・艾倫、克林・伊斯威特的作品和哈利・波特系列某一集。我忘了是什麼電影，從頭到尾都緊盯著螢幕上飛往巴黎的小飛機圖案。我腦中那部美國片不斷播放，穿插著我碰到提貝瑞歐斯之後要怎麼做的畫面：斷掉的鼻梁、布滿全身的瘀青。片刻之後，我又成爲法紀嚴明國家的模範市民。我們向來奉公守法，以後也會遵守法律，法律也會保護我們。提貝瑞歐斯可以開始收拾行李了。

我先抵達戴高樂機場，環境更惹人生厭，又是漫長的等待。接著才是柏林。妻子帶著保羅和小菲在入境大門等我，我們已經多年不曾眞誠擁抱；那擁抱毫無芥蒂，絲毫不見這幾年來婚姻生活的不睦；那擁抱不顧一切。回程途中，我在車上對孩子說起天空揚著黑帆的船形風箏、沙灘上的狗兒。我們家在陽光下閃爍著白光，恬適靜謐，太平無事。我認得這間屋子，卻又覺得它已經截然不同。

13

我在房地產這方面很不走運。我們租六樓公寓時，一切順遂。搬進自己的房子之後，麻煩事才開始找上我，雖然問題不是立刻顯現。

我們在一九七三年初搬家，當時我才剛滿十歲。之後幾年，我幾乎毫無印象，至少不記得我自己的事情。當然，我記得在哪裡觀賞一九七四年的世界盃決賽，就是勇士〇四隊的休息室，大家吃肉丸配檸檬汁，慶祝德國奪冠。我也記得威利・勃蘭特因爲親信是東德情報員的身分曝光而辭掉總理一職。父親說政府應該槍決那個幕僚，我也同意，畢竟他是間諜，在我看的書中，間諜多半都是這個下場。

我們並不討論父親的槍，它們就放在家裡，我們也覺得稀鬆平常，然而我也知道其他父親出門不會在腋下塞把槍。起初我以爲父親除了擔任業務，也負責經銷商的安全事務。但是展售中心沒有，也不可能留有太多現金。因此我揣測他另有祕密身分：他是殺手或是黑幫老大，我們一家人只是他的障眼法。又或者，他是情報員。

柏林匯集許多間諜，我越來越清楚自己的家鄉在冷戰中的角色。我們就在暴風圈中心：兩邊的體制在這裡互相撞擊，我們代表良善，對方則象徵邪惡。何況福特是美國公司，也許用來掩護政府的情報員？

我開始仔細觀察父親，卻看不出有任何蛛絲馬跡可以證明自己的猜測。他每天必定早上七點四十五分出門上班，晚上七點十五分回家。一家人一起吃晚餐，飯後就在客廳聊天、和媽媽玩桌遊，父親坐在沙發上看書或清理槍枝，我永遠不會忘記萬用潤滑油的味道。週六，他開車去靶場，但是姊姊陪他一起去。週日，我們全家去森林散步。

我會突然殺去經銷商店，確認他是否眞的去上班，結果他每次都在。我從未看到他急忙送走某個可疑人物，或是一看到我就鬼鬼祟祟掛斷電話。只是這麼多年來有件事改變了，顧客看車時不再驚嘆連連，人人都成了專家。他們都懂車，在我父親面前也毫不保留地展現。他不再是福特經銷商之王，這點我很清楚，然而這件事無損於他的祕密身分，有段時間我更是深信不疑。我多想告訴朋友，我們不是他們想像中的家庭，不是一般家庭，比較像是電視情節中的主角。可惜我不能說，大人從小就反覆交代不能提起父親的槍，無論如何都不准透露。

我甚至沒告訴克勞斯．卡默爾，他比我大，比我強壯，有時還會在上學途中等著欺負我。我沒辦法保護自己，也很想說家裡有柯爾特手槍、幾把來福槍和其他手槍，我還知道如何使用瓦爾特ＰＰＫ。但是我什麼也沒說，只是默默忍耐霸凌。因爲我深信，一旦走漏風聲透露父親擁槍自重，我們就會大難臨頭。我從不覺得武器可以讓我更有安全感，事實上父親總是提心吊膽，害怕有人闖進家裡，或是有黑幫分子因爲需要槍而搶劫他。

但是搬去新家之後——也就是我的少年時期——有件事我倒記得很清楚，父親某個週六沒去靶場。那時我大概十三歲，已經不再認定父親是情報員，我猜他大概只是喜歡槍。那個週六，他帶著大包小包回家，這些東西就放在客廳，囑咐我們不准碰。我們當然在旁邊躡手躡腳觀察，不久後就發現，他買了一頂帳篷和各式各樣可以在六千公尺高山存活的設備。我興奮不已，父親和他的小旅伴我終於要出發踏上冒險之旅了。

同時我也很意外，因爲當時我們父子已經不如以往親密。在一九七三年到七五年的平靜歲月中，我失去了他。我不知道個中原委，因爲我們是漸漸疏離，我甚至記不起事情的來龍去脈，只知道約莫一九七五年左右，我們之間已經不太對勁。我想不起我們之間有任何對話，也不記得我們一起做過什麼。他已經多年沒去看我的足球比賽，儘管我不是差勁的守門員，不會讓任何父親蒙羞。總之他沒來，就連勇士〇四隊對上赫塔薩倫多夫或赫塔

BSC[11]，那幾場球賽可是非常有看頭。

我滿十三歲之後，他就沒有機會觀賽，因爲我離開球隊。我越來越害怕獨自守在球門前，當時的少年不像今天一般精通戰術，要得分往往只能透過所謂的「攻擊」。隊友全都在場中央，因爲他們每個人都想往前衝，最後掉球，敵隊三個球員就會向我衝來，也沒有任何人可以支援我，放眼所及都沒有紫色球衣。後來我再也受不了，要求換一個位置，但是我不夠有天分，最後便退出球隊。

現在回想起來，我不記得父親曾到場看我踢球，一次也沒有，儘管我小時候還會期待他出現。因爲沒有共同興趣，我們兩人漸行漸遠，但是客廳堆積如山的露營用具似乎表示父親決定努力改善關係。他爲了我們以前計畫的行程買裝備，我很開心，如果他能帶我一起去選購，我會更高興，但是他可能想給我驚喜。

當天下午，朋友邀我去他家玩，晚上回來時，院子裡已經搭起帳篷。我上前拉開拉鍊，看到一個睡袋、一張保溫墊。我心想，我的裝備一定在房間，但是上樓沒看到任何東西。

我下樓回客廳，看到母親和弟弟與姊姊玩桌遊。父親也在看書，匆匆與我打個招呼，又繼續看他的雜誌。我玩了一回合的跳棋，因爲沒聽到任何消息，不久後又回到樓上洗澡，坐在浴缸內沉思。我毫無頭緒。

我圍著浴巾回到房間，看到院子的耐寒帳篷裡有光線。我氣急敗壞，衝上旋轉樓梯到姊姊的房間。她不客氣地問我想幹嘛，我們感情並不好。

「沒事。」我草率回答後便下樓。

「不要再上來。」她在我背後大喊。

蔻娜莉亞過世好幾年了，憶起當年，我頗傷心。書櫃上有我們兩姊弟的合照，這是母親在我上次生日送我的禮物。邊長十二公分的金框鑲著照片，就貼在紫色燙金花的卡紙上。照片很小，當時姊姊大概四歲，所以我就是三歲。她紮著辮子，身穿短洋裝，我理著小平頭，穿著短褲。我們手牽手，姊姊站在前面半步，彷彿決定開心地領我向前。我跟在後面，卻獨來獨往。

「我姊姊才不是這個模樣。」我看著照片對妻子說。

「也許當時你姊姊就是這麼照顧你。」她說。

她的話猶如暮鼓晨鐘，我從未這麼想過。我只記得姊姊很霸道，我們互相傷害對方，多

11 三隊都是柏林當地的球隊。

年後才有辦法和睦相處，那時大概都二十或二十一歲了。後來雖然彼此欣賞，卻始終不親近，就連她死前也不特別要好。

我鬆了一口氣，因爲姊姊沒和父親一起待在帳篷裡，所以她不是他的旅伴，但是我很難過自己也不夠格。我許久都睡不著，不斷起身到床邊，望著院子。我看得到帳篷裡面有光線，可以看到父親坐在裡面，可能正在看汽車雜誌，用的是強力手電筒，光線亮到足以在半夜的大風雪中登上海拔七千五百公尺的聖母峰。一會兒後，帳篷的燈光熄滅。

隔天早上醒來，外面的帳篷已經撤走，我再也沒看過。父親始終沒踏上冒險之旅，也未曾獨自上路。就我所知，他甚至不曾拋下妻子出遠門，而他們去過最遠的地方是北義的加爾達湖，住的只是普通賓館。他喜歡做白日夢，雖然沒有勇氣實踐夢想，卻認爲有朝一日會成行。就這個層面看來，他很樂觀。

14

父親有時很急躁易怒，在我童年時期就是這副德性，在我青春期時，他會陰陽怪氣好幾天，就連母親都無法鼓勵他振作起來。他坐在沙發上生悶氣，什麼也不做。一點點小事都足以讓他暴跳如雷，我們即使待在房裡聽音樂，也只能把音量調到最小，否則就得等著他怒氣沖沖找上門。某次父親粗暴地終止平克·佛洛伊德的歌曲，我的唱頭也因此報銷。

雖然我們父子鮮少交談，他幾乎很少注意到我，我不想將所有責任推到他身上。少年時期最悲慘的領悟就是中學的老師和朋友都認爲我很聰明，我的父母一點兒也不笨，但是兩人都沒上過大學。父親沒通過高中畢業考，母親十四歲就因爲家境清寒被迫輟學。我很快就覺得自己比父母聰明，惡劣的是我也毫不掩飾，他們很難視而不見。每次我與母親爭論，她都勇敢地接受挑戰，雖然我有時不免奚落、嘲弄她。晚餐時，只要我又開始爭辯，父親就會離開餐桌，去坐沙發。他不是看書就是清理槍，但是我很清楚他在旁邊聽著。我也知道，不久之後，他就會跳起來大吼大叫。那時，我便會走回房間，臉上雖然得意，心臟卻怦怦跳，我好怕他上樓對我開槍。

當時我已經十五、六歲，知道父親不是間諜，也知道他不只是業餘的射擊高手、獵人或槍迷。他需要槍械保護自己，他很害怕。我不知道他怕什麼，就我所知，他沒有任何恐懼的理由。他不逛城裡的紅燈區，就連普通酒館都不涉足，所以不可能幾杯黃湯下肚就與人鬥毆。只要不上班，他幾乎都在家裡，然而他陪我母親採買時，一定先裝好槍套、佩好槍。他怕什麼？我又為何從未問起？現在我很想問，但是不能當著卡基的面問。基於法律規定，只要我去探望父親，卡基一定要在場。

當時我不禁注意到，父親收藏槍不只為了射鏢靶，也用來瞄準人，我猜是以防遭到威脅，因為他不會隨意攻擊別人。他學習作戰訓練，上輕武器防身課。我看過他在家練習，他的槍套扣在皮帶上，先將硬幣拋向空中再拔槍。他沒開槍，練習重點在於硬幣落到地板前拔出左輪手槍。弟弟喜歡看他練習，我則是一看到就回房。

布魯諾小我三歲，我們住社區公寓時共用房間。有張照片是他坐在偌大的嬰兒車中，驚恐地看著鏡頭。我站在推車把手處，一派大哥哥的神氣。我並非馬上就疼愛他，因為我得分享狹小的房間，而且他襁褓時期很愛哭。但是我沒多久就能打發他幫忙撿回磁力車，只要偶爾讓他推一次車子就算是酬謝他。我還不知道該如何表達就愛上他，現在還是很愛他，儘管布魯諾有時很惹人嫌。

我們一起去經銷商那裡時，他會直衝修車廠，那裡又吵又髒，我不太喜歡。那個時代的修車廠還是油膩膩，如今這種地方倒像是電子實驗室。只要某個技工同意他用螺絲起子或扳手轉上幾轉，他就能樂上一整天。我喜歡坐在新車裡假裝開車，尤其喜歡有皮椅的車款，因爲那味道很強烈。

有段時間父親也帶弟弟去靶場，然而嚴格紀律無法規範布魯諾，而靶場最注重紀律，這點父親常掛在嘴邊，說了又說。布魯諾亂揮槍，或是干擾正要集中心緒開下一槍的人。他隨便對鳥兒開槍時，父親結束他的打靶生涯。只有姊姊繼續射擊，後來拿下柏林某個青少年組冠軍賽的第二名，獎盃就放在我們的客廳。布魯諾和我常拿這個開玩笑，一部分的原因是我們看到蔻娜莉亞的射擊技術如此精湛，就覺得刺眼。不知道父親是否難以接受兩個兒子都不擅長射擊的事實，但是我很確定我對他的失望，肯定不亞於我們兩兄弟帶給他的失落。

某晚，我躺在床上看書時聽到槍聲。我驚恐地跑下樓，擔心父親殺了弟弟，沒有人比布魯諾更能惹火他。但是我衝進客廳時，布魯諾還活得好好的，和姊姊、母親坐在餐桌邊玩記憶力遊戲。父親腰間戴著槍套，站在陽台門邊看著窗框上的洞，地板上有個五元馬克硬幣。

15

我要在此強調，我的青少年時期非常正常。這是另一個歷史敘事[12]常落入的陷阱，亦即強調某些戲劇化事件，每個時期似乎都影響甚鉅，甚至動盪不安。我們過得很平靜，居家生活更是平凡。每天早上起床，早餐已經準備好，我們上學、放學、做功課、找朋友；晚上和父母一起用餐，和母親聊天，父親也永遠在一旁安靜地閱讀。他偶爾會打斷我們，提起他小時候或在經銷商店發生的某件事。如果他陷入沉思，我們也不放在心上。晚餐後，我通常回房間看書聽音樂，姊姊和弟弟則與媽媽一起玩桌遊。布魯諾該就寢時，我會讀故事給他聽，我們稍微聊聊天，等媽媽來帶我們禱告。我始終默默感謝仁慈上帝賜給我幸福人生。

12 historical narrative，清大教授陳建忠指出，即「強調以客觀證據作為基石，試圖還原歷史，建構事件，強調本質性真相。」

只是也有驚濤駭浪的時刻，我總是惴惴不安，擔心自己，更擔心弟弟。木衣架的體罰階段已經過去，母親不再打我們，但是我們可能會被禁足或扣零用錢，那也很痛苦。弟弟依舊會挨揍，但是只有父親會動手。只要布魯諾激怒他，他就會失控。

有一次聽到弟弟尖叫，我立刻奔下樓，四階併成一階跳。我看到他雙手抱頭坐在地上，盛怒的父親不斷捶打他。母親抓住他的手，但是他一次又一次地甩開她。

「赫曼！」她大叫，「赫曼，住手！」

父親看到我，落下最後一拳之後頓住。

「我要……」他咆哮。

「赫曼！」母親嘶喊著。

我攙起布魯諾，帶他回房間。他倒在我的床上，不住啜泣。我坐在旁邊輕撫他的頭。

「我要殺了爸爸。」小弟哭著說。許多青少年可能都在房裡想過或說過這句話，但是這句話在放滿槍枝的屋簷下又別具意義。

「好了好了，冷靜點。」雖然我也很激動，憂心父親已經從主臥室保險箱拿出手槍，正要過來殺死我們。我起身，貼著門扉聽分明——什麼聲音也沒有，便鎖上門。

我們架起電刷車軌道，幾乎都快完成時，有人轉動門把。我們都僵住了，接著聽到母親的聲音。我開門讓她進來，我們馬上就看到她沒哭過。布魯諾不肯讓她抱，因此她坐在我書桌邊的椅子上。即使剛剛才經歷恐怖場面，只要和母親說上幾句話，大家都會覺得一切太平，世界靜好。任何違背這種論調的事情，她一律輕描淡寫帶過。這次也一樣，她輕聲說布魯諾不該惹火父親，語調幾乎是充滿憐憫，她說她覺得布魯諾以後最好別再刺激父親。

「我什麼也沒說。」布魯諾抗議。

「但是你說我只是丈夫的傭人，」母親說，「這種話不厚道。」

布魯諾只說爸爸抓狂是因為布魯諾和媽媽吵架，爸爸突然把報紙丟到地上，從沙發跳起來暴打他，卻沒說吵什麼。

「我不是你們父親的傭人，」母親對布魯諾說，「我很樂意為你們三個，也為他放棄工作。」

我可以想像布魯諾做出這番指控，但是語氣絕對不像母親剛剛這麼平靜，也絕對不止一次，而是再三反覆，越來越囂張。當時他就是這副德性，我自己也沒好到哪裡去。

「也不能因此就把人打得半死。」我對母親說。

「爸爸不會把你們打得半死。」她說。

「明明就有。」布魯諾哭喊。

現在我們和母親爭論的話題是平時就常辯駁的焦點，我們說父親很惡劣，她說那不是事實。每當我們批評他，她總是護著他，然而他生我們的氣時，母親也護著我們。那就是她的職責，她負責居間調停，負責安撫情緒。她心平氣和，態度可說是一派輕鬆，彷彿事態一點兒也不嚴重，一切都很稀鬆平常。

我不知道她是否眞的這麼想，不是不可能。如果妳在小女孩階段曾穿過戰火中的科隆，聽過轟炸機、炸彈、警笛的聲響，聞過人肉燒焦的味道，不得不看到血淋淋的傷口和斷肢殘骸，也許妳也會覺得最壞的時代已經過去，家裡的口角紛爭再瑣碎也不爲過。然而也可能是因爲母親的家園被炸爛，她的父親在戰亂中喪生，孩提時代就嘗盡人間苦難，無法再承受任何打擊，所以無論世道多艱難，她都寧可相信諸事順心。也許她告訴自己，我們家很幸福，儘管她的丈夫收藏一堆武器，還對子女造成威脅。話又說回來，也許她確知孩子根本沒有任何危險，因爲她非常信任丈夫。我不曉得確切答案，應該找時間問她。我只知道，母親永遠鎭定自制。那晚也一樣，她和我們談了半小時便道晚安，似乎認爲所有人都能睡得香甜，然後便下樓回到她丈夫身邊。我又鎖上門。

布魯諾和我玩車子玩到半夜，然後我把他的床墊從他的房間搬到我的床邊。我很快就聽到他規律的呼吸聲，我自己卻久久無法成眠，沉思父親如果出現，我該怎麼做。他說，「我要……」我只想得到下半句應該是「……殺了你。」但是現在回想起來，我確定他不是這個意思。語焉不詳的威脅是父親的怪癖，他會說「等著瞧」或是「我要……」但是在我們這種家庭，沒說出口的恫嚇隱含著恐怖暗示。雖然我沒有槍，這個經驗教會我在教導孩子時不能隱晦不明。如果他們繼續瞎攪拌食物，或向狗狗丟球導致牠哀號，我會清楚告訴他們將遭受那些懲罰。

我很久以前就想出各種閃躲父親子彈的招數。我想過把床墊立在門邊，那就可以擋住子彈，那天晚上，我們甚至放了兩個床墊，更加安全。但是父親可以用槍射開門鎖，他就會立刻衝進來。我們一聽到他的動靜，就得奔向窗邊，從屋頂滑下去，再跳到地上，而且務必要雙腳著地。

問題在於是弟弟或我先爬出去，兩者各有利弊。如果我先出去，他置身險境的時間比較長，但是我可以在地面負責接住他。我很難拿定主意，最後決定還是讓他先出去，他自己跳下去應該沒問題。我們一跳下去就得拔腿狂奔，而且要在草地上跑Z字形。雖然外面空曠好瞄準，也許烏雲密布又沒有月光的暗夜能保護我們，而且右側的花園有灌木叢可以供我們躲開父親的視線。之後就安全了，因爲父親無法在附近院子找到我們，那裡是我們的地盤。

後來多年後，某次我在酒吧和弟弟吵架時，我說我那天救了他一命。當然，這句話很蠢，甚至不是事實。弟弟嘴巴的線條立刻變得僵硬，說他不想過這種有欠於我的人生。我們又吵些莫名其妙的事情，但是幾杯啤酒之後又和好如初。無庸置疑，父母只剩下我們兩個孩子，我們卻是千瘡百孔。其實沒發生過任何駭人事件，父親從未對我們開槍，從未持槍瞄準我們，甚至從未威脅要開槍。我們和其他人一樣，並未受到武器傷害，然而僅僅只是家中有槍的事實就投下莫大變數。這表示我們要面臨不同的可能性，尤其是可能發生的危險。回首往事，我們因此改變思維模式，也更容易歇斯底里。對我而言，家就是可能中槍的地方。

我知道走筆至此有何發展：我無法適應新公寓，以及到高級餐館獨自用餐可能和我青春期在自己的家中飽受威脅有關連。也許，但是整體看來，我認爲這種詮釋過分簡化。我不是我父親槍枝的犧牲者。你也可以這麼看：我們的童年很刺激，驚濤駭浪，也有開心快樂的時光。

如今最令我震驚的不是家裡危機四伏，而是父親的恐懼；以前發生過某件事讓我們都啞口無言。我們一起開車去卡爾施泰特（Karstadt）百貨公司，當時福特 12M 已經太小，我們開的是千里馬。

「我們需要買冬裝。」母親說。我們沒多久之後已經在百貨公司停車場繞圈圈，但許久都找不到車位，儘管第一個找到位子的人有獎品——懸賞堅果巧克力棒一支。

一會兒之後，弟弟哇哇大叫：「那邊！那邊！」坐在他左、右車窗邊的哥哥、姊姊只能生悶氣。

爸爸慢慢將千里馬開往停車位，一部賽車塗裝、上黃下黑的卡德特 GT/E 從左邊切入，橫在我們前面。我們過不去，那部卡德特也停不進去，除非我們倒車。父親又勃然大怒，揮手大吼大叫，但是那名年輕人只是無禮地咧嘴笑。我們雙方僵持了一會兒，恐懼漸漸竄上心頭，我擔心父親會下車，開槍殺死卡德特的駕駛。他的腋下有把左輪手槍，我們穿上外套時，我看到了。接著父親變得非常沉默，我慌了。結果他沒下車，腳踩油門，開走了。

這下我們三姊弟又為了另一個理由感到害怕。他怎麼可以放棄怎麼看都歸我們的停車位？父親高大魁梧，即使不拿出槍，也能嚇跑開卡德特那個白痴。我們沒再繼續找車位，父親調頭之後就直接開回家，一家沿路靜默不語。弟弟小小抗議，吵著要巧克力棒，因為他的確找到停車位，父親不肯開進去也不能怪他，幸好姊姊很快就叫他閉嘴。

那件事讓我更了解父親。他沒辦法與人爭論，無法用語言或動作捍衛自己的權利；碰到問題的唯一選擇，就是離開或開槍，幸好他總是轉身。我不明白原因是什麼，他口中的童年很正常。他是獨生子，父母在斯潘道經營小酒館，他沒目睹太多的戰爭場面，因為轟炸開始，他就被爸媽送到西伐利亞親戚的農場。

父親說奶奶常拿火鉗打他，爺爺開酒館以前是警察，總是會把警用槍帶回家。他說，他那時開始對槍這種武器產生興趣。後來他和他的爸媽大吵一架，因爲他們要他繼承酒館，他執意不肯。正因爲他愛槍，也愛車，所以當他沒通過畢業會考，他就決定去當技師，一心想學習修車專業。父親從未從軍，大戰時他還太年輕，後來又太老。這些線索可以解釋他奇特的生活方式嗎？等他出獄，我有好多事情要問他。

16

我從峇里島回家之後，大門窗台上有封塞得鼓鼓的信。信封上寫著瑞貝卡．狄芬塔勒收，背面署名：迪特．提貝瑞歐斯。

「誰寄信來？」保羅問。

「我認識的人。」妻子口氣爽朗。

我們夫婦倆就從當時開始粉飾太平，但是妻子應該從我在峇里島就開始演戲。就算談不上歡欣鼓舞，我們在孩子面前也都精神奕奕。即使處理迪特．提貝瑞歐斯和他的威脅時，我們也保持這種態度，但是打從那個時刻開始，一切就只是表面功夫。那就是他對我們造成的第一個重大影響：我們開始裝模作樣，日常生活彷彿都是演給孩子看。

我是第一個走到門邊的人，我開門進去的態勢是巡邏檢查。但是一切如常。那日天氣宜人，陽光滿室。妻子把自己關進洗手間，我知道她會在裡面看信。我走進廚房，幫孩子做早餐，告訴他們峇里島的事情，聊起海啊、衝浪啊。

「你們想像一下，爸比衝浪喔。」我的喉嚨緊縮，他們笑了。妻子走來，她已經收好信，免得孩子想起來。

「爸比去衝浪。」小菲說。

「看起來一定很好笑。」妻子說。

「非常好笑。」保羅接話。

「爸比以前是衝浪世界冠軍喔。」我說。

「哇。」小菲說。

「爸比說謊。」保羅大喊。

我無法教自己別想：被指控性騷擾子女的家長之間有什麼對話，或是家長又和孩子說了什麼。麻煩的是保羅和小菲正礙事，我想知道，也必須知道信裡的內容，但是只要他們在家，我們就沒辦法多談。

「該準備上學了，」我起身。「去刷牙、穿外套。」

瑞貝卡幫忙孩子整理書包、穿鞋，我從地下室抄捷徑去車庫。經過提貝瑞歐斯家時，我豎起耳朵，但是寂靜無聲，一點兒聲響也沒聽到。我踢門進去，撲向那個沉睡中的男人，然而這只是我的想像，現實中的我繼續往前走。

我從車庫依序牽出我和保羅的單車，彷彿腦中有自動導航。不一會兒，妻子就帶著孩子走出來。她從公寓另一邊繞過來，沒經過地下室。

接著就是熟悉的慣例，孩子們戴上安全帽，小菲坐上兒童座椅，妻子親我一下。

我猶豫片刻，「妳要不要一起送？」

「不用了。」她親孩子們道別。

我們騎著腳踏車到幼稚園，送保羅和小菲進去之後，我狂飆回家。妻子坐在客廳和她的母親通電話，信就放在旁邊的沙發上。

「我讀他寫的內容給你聽。」她掛斷電話之後說。

「別在這裡念，」我說，「去廚房。」地下室的單位就在我們的客廳底下，我們在那裡會聽到迪特．提貝瑞歐斯的動靜，他可能也聽得到我們的聲音。

我們坐在餐桌邊，妻子念出信件內容。那封信長達十一頁，迪特．提貝瑞歐斯詳述他認為我們夫妻對孩子做的事情。但我無法在這裡引述，儘管我記得一清二楚，因為我後來幾個月反覆看過許多次，心裡那股厭惡是我前所未有。我只能說迪特．提貝瑞歐斯描述的場景多半都在浴室，有些在我們床上。常用到的字眼則是「雞雞」和「妹妹」，他說孩子們會大叫

「噢，好燙」或「不要擦得那麼用力」。

最令我覺得不舒服的原因，是這些描述並非全出自病態的想像，而是真實生活出現的字眼，而且是我們這一家的日常生活。「不要擦得那麼用力」、「噢，好燙」都出現在我家浴室，但是全世界有小朋友的家庭可能都出現過這幾句話。只是迪特·提貝瑞歐斯聽到我們孩子說，就擅自發揮變態的想像力。他奪走我們一家的純眞無邪，然而他的指控又恰恰令我們需要純眞心情的救贖。

妻子還沒念完信，我已經開始在記憶中搜尋他寫到的狀況。我什麼時候把水開得太熱？何時用太粗的浴巾擦得太用力？早上匆匆忙忙時放太燙的水或擦得太用力，是不是也算輕微的傷害呢？迪特·提貝瑞歐斯這封信在我們心中種下自我懷疑的種子，往後幾個月還繼續萌芽成長。

妻子將信放在餐桌上說：「他要我們的孩子。」我也有同樣的想法，只有戀童癖的人才會鉅細靡遺地描繪與兒童發生性關係的細節。「我要殺了他，」瑞貝卡聲音拔高、語調顫抖。「我要殺了他！」她從椅子上跳起來。「這個畜牲！」她尖叫。「下流胚子、怪胎、變態！我要殺了他！」

我將她擁入懷裡，我們站在廚房相擁良久，她以前情緒大暴走，我也不曾不假思索地抱住她。

那一刻，我以為我們之間風平浪靜，以為我們雖然有過婚姻危機，但是面對危險，我們也能克服難關。我錯了，婚姻沒有這麼容易。不只是這個擁抱令我略感不安，雖然我的確覺得沮喪；而是我對妻子有了新看法，事實上應該是我看到兩個她。一個她正大聲讀出信件，聲音平板，只是偶爾結巴，輕微顫抖也只有一次，就是讀到她如何騷擾子女。另一個她則在保羅和小菲身邊，地點可能是廁所或淋浴間，正在做迪特·提貝瑞歐斯描述的醜事。我一個字也不信，一秒也沒懷疑過，然而那些畫面已經和妻子重疊。我不斷推開那些影像，卻揮之不去，我對孩子做那些事情的畫面也烙在我腦中。

17

當天下午，我們約了律師見面。中途先去了一趟幼稚園，對兩個老師千交代萬交代，絕對不能讓其他人帶走我們的小孩，無論對方用什麼說詞。其實我們的幼稚園本來就有這條規則，父母沒授權或沒介紹給老師見過的人，都不能接走小朋友。但是我們希望做得滴水不漏，我猜我們想覺得自己不是束手無策。等律師看信時，我們手牽手坐著。有個念頭就是從此開始，令我苦惱了好幾個月：如果她相信他，不相信我們呢？如果她認爲他的指控不是空穴來風呢？

坐在那裡，我頭一次成了虐童嫌犯，我必須想辦法證明自己沒虐待親生子女。這時我才明白，我們必須仰賴別人的信賴和情誼。我還記得，自覺正直、正派，那種近乎聖潔的心情。面對這種指控的我就代表著正直和正派，我記得坐在律師辦公室的我覺得信心滿滿，認定迪特・提貝瑞歐斯鑄下大錯。他的變態信函剛好有助我們驅逐他搬離公寓，遠離我們的生活，也許無法即刻生效，至少幾週之內就能辦到。

「太噁心了，」律師說，「我很遺憾你們竟然要經歷這種事情。」

「這是毀謗，」我說，「非常嚴重的抹黑。」當時我不了解法律或法律專有名詞，只懷著滿腔的正義感，只會分辨對錯。「應該很簡單吧，」我繼續說，「有了這封信，要將他趕出公寓應該易如反掌。」

律師看著我，有一會兒都默不作聲。她的深色頭髮往後梳，頭上用髮帶固定，西裝外套就掛在椅子上，那是夫妻檔設計師伊姆斯[13]的經典辦公椅。四周有USM的黑色系統櫃、一件精心挑選的紅色家具、一張玻璃辦公桌、牆上有捷克藝術家多考皮爾[14]的花豹作品、一張軟木塞畫。她終於開口，那句話卻粉碎了我的信心：「狄芬塔勒先生，可惜我們是個法治國家。」

「妳說『可惜』是什麼意思？」妻子口氣冷冰冰。

「我向來認爲我們很幸運能住在法治國家。」我補上一句。

13 Charles and Ray Eames，這對夫妻檔設計師被譽為二十世紀最有影響力的設計師之一。

14 Jiří Georg Dokoupil，捷克籍視覺藝術家。

律師看我們的眼神略帶同情。「就你們現在的狀況而言，恐怕不算幸運，」她淡然地說，「雖然你們的期待很合理，但是你們希望這個人迅速遭到驅離並不容易。」

「我們總可以告他吧。」我天真地說。

「我們當然可以告他。」律師說，她絕對可以立即去辦，只是那也不表示提貝瑞歐斯必須撤離公寓，恐怕她在那方面無法給我們任何希望。這個國家很難驅離人民離開自己的家，而且提貝瑞歐斯沒工作，付房租的人可能是社會安全單位，要教他離開更是難上加難。她可以分享她自己房客的故事——恐怖至極。她那番輕侮的話頗令我不安，我沒從社會階級或特權的角度思考我們的案子，也不想這麼做。

妻子說就她的理解，遵守法律的人應該得到法律的保護。兩個女人一來一往，措辭越來越尖銳，對我們卻毫無助益，我反而更焦慮。我向來相信人應該循規蹈矩，如果我們惹火律師，我開始無來由地擔心她可能會懷疑我們有嫌疑。我打斷她們，表明她若能使出所有——毫無保留——合法手段，我們必定心懷感激，她同意。她影印信件，我們簽署授權書，她送我們到門口。她說，如果我們覺得有安全之虞，她可以安排我們購買槍枝。我搖搖頭。

妻子在電梯裡大發雷霆，我忘了她說什麼，總之她從五樓便開始大吼大叫，到一樓時，她已經嚎啕大哭。我抱著她，卻無法傳達一丁點的鼓勵。我向來奉公守法，相信法律之所以存在，就是爲了讓我這種愛好和平的人能平安度日。倘若太平生活有任何波動，我相信法律都能立刻修復。如今這種信任瓦解崩潰——還是在律師事務所——但也只持續了幾分鐘。回到車上，我這個樂天主義者，我母親的兒子，便說我不相信律師。

「法律一定可以保護我們。」我說。我們開車到專賣捍衛人身安全產品的商店，幫妻子買了一罐防狼噴霧。

回家後，大門窗台上又放了一封信，這次倒是很薄。信封裡只有一張紙，紙上只有一句話：**上一封信忘了告訴你們，我已經向警方投訴你們，迪特．提貝瑞歐斯筆。**

我們在廚房討論下一步，結論就是妻子先帶孩子搬去奧地利邊界附近，和她母親住一陣子。瑞貝卡去幼稚園接保羅和小菲時，我幫他們訂隔天早上的機票。既然我已經上網，我決定多了解我們的狀況。我在谷歌上查詢「抹黑」、「糾纏騷擾」，找不到任何根據支持我的樂觀。當時沒有任何反纏擾的法律，就算有，也不知道是否有助益。迪特．提貝瑞歐斯不算糾纏騷擾，雖然我們以前常說他是「我們的跟蹤狂」，現在依然不改。

那天下午，我和孩子一起玩。我很愛拼樂高，對建築師而言可能不新奇，但是我不只拼房子，也拼車子、船艦。一如往常，保羅和小菲從頭說到尾，但是我幾乎一個字也沒聽進去。我的念頭不斷回到迪特．提貝瑞歐斯身上，想著他如何攻擊我們家，況且我也很累，已經連續兩晚沒睡。我一聽到地下室馬桶的沖水聲，立刻覺得恨意湧上心頭。

晚上孩子就寢之後，我繞著屋外走，一次是九點，另一次是十一點。心情焦慮又緊張，因爲我知道隨時會碰上迪特．提貝瑞歐斯。我不斷走走停停、豎起耳朵，計算我奔到車庫門口的木柴堆——閣樓的住戶有火爐——抓起武器需要多少時間。

隔天早上送家人到機場，就開啓了我現在所謂的「活躍期」。歷史必須加以分段，否則無法著眼大局。我打給本地的兒少福利機構找主任，告訴他，有人說我們性騷擾自己的子女，但是這個控訴完全不實，他隨時可以過來評估。

「你哪位？」兒福單位的主任問。我又抱上我們的姓名，並且描述眼下狀況，再次堅稱我們無辜。

「儘管不情願，但是我們的孩子是由貴單位處置。」我語氣堅定。

我讀過評估孩子是否遭到虐待的測試。有一項就是請他們畫圖，我不知道該畫什麼或不該畫什麼，但是我確定我的孩子一定會畫對，畢竟他們並未遭到性侵。但是我忍不住想像他們可能不小心畫錯，也許是畫了一棵樹，心理學家就指稱那代表陽具。總之這個念頭太可怕，我寧可不要多想。

兒福單位的主任說，他們初次接到家長聲稱未性侵自己孩子的電話，他會查清楚之後再回電。當時我才發現，我們可能快要歇斯底里，但是我們並不因此罷手。我們自稱必須採取各種措施，以免迪特．提貝瑞歐斯傷害我們的孩子，這就是我們辯駁的根據。沒有所謂的做過頭，只怕做太少。因此我很滿意自己打去兒福單位。

稍後兒福單位派人打到犯罪調查局，告訴我「這件事」牽涉到「指控不明人士」。我聽不懂，也覺得沒道理。爲什麼是不明人士？迪特．提貝瑞歐斯明明說我們有罪。

「現在怎麼辦？」我問。

「目前恐怕不能做什麼。」兒福單位的工作人員說。

我擔心某個單位會根據他們的法律處理這個案子，不但不事先知會、還會直接撇開我們，我們可能成爲體制的犧牲品。我打到犯罪調查局，竟然很快就被轉到「侵犯人身罪」的單位，約好當天下午去找一位柯羅格小姐。

柯羅格小姐穿牛仔褲、牛仔外套，一頭短髮染成赤銅色。她伸出手時，我發現她腋下有佩槍，我們隨後坐下。她面前的辦公桌上有個闔上的卷宗，很薄，彷彿裡面沒什麼資料。如果是我們的檔案，我就放心了；如果是纏擾我們的人的檔案，可就令人擔憂。他的檔案越厚，可疑程度就越大。她背後有一張兩隻毛茸茸小貓的海報。

我大概簡述我們的狀況，堅稱我們無辜。柯羅格小姐說我們的鄰居其實沒做什麼，因此警方沒有他的「太多把柄」。

「如果夫人和你的子女遭到攻擊……」她說。

「內人的確遭到攻擊——」我說，「言語攻擊。」

「我是說人身攻擊。」柯羅格小姐說。

「所以我太太或小孩受傷，警方才會介入？」

「此外沒有其他方法。」柯羅格小姐說。

「我不懂。」我說。

她默默看著我。一名男子進來說：「要開始了。」

「馬上過去。」她起身。

「拜託，」我說，「再一分鐘就好。」

她又坐下。

「請告訴我，我們該怎麼做。」我說。

「先去申請禁制令。」柯羅格小姐說。

「那是什麼？」我想搞清楚。

「那是法庭命令，要求你的鄰居離你的夫人和孩子至少五十公尺遠。」

「他無端指控我們騷擾孩子呢？」我問。

「你的小孩可能得接受心理評估。」她說。

柯羅格小姐一點也不坦率。我從她的表情看不出情緒，也看不出她偏袒哪一方，甚至不流露同理心。我不覺得有誰遭到調查，迪特．提貝瑞歐斯沒有，我們也沒有。我道別時心想，那份從頭到尾沒翻開的卷宗顯然不會增厚。

儘管如此，我離開時心情好多了。「禁制令」給了我希望，如果迪特．提貝瑞歐斯至少得遠離我的妻子、小孩五十公尺遠，他就不能住在原本的公寓，必須搬走，我們便能擺脫他。

我打給律師，她正在開會，兩小時後回電。她已經考慮過申請禁制令，只是就我們的情況看來，沒有法庭願意核發。

「為什麼不會？」我的語氣透露些許絕望。

「因為他和你們住在同一棟大樓，沒有法庭會把他趕出他自己的家。」她說。

「至少試試看吧。」我哀求。

「好吧。」她說。

18

我幫自己做莫札瑞拉起司番茄片當晚餐，還加了從院子盆栽摘來的羅勒。然後我打給妻子，告訴她今天的進展。我承認，我粉飾太平，還把禁制令說得好像是我們的希望，完全沒提到律師的疑慮，瑞貝卡因此覺得情勢不算太糟糕。但是我也提到，我們先前就開始演戲——這齣戲還眞假難辨。我說我很想她，這是事實。

「我也想你，」然後她又補上，「我們會成功吧，是不是？」

「對，」我說，「妳我合作，我們一定會成功。」

我們有點尷尬，也許是因爲彼此許久不曾親密對話。接著我和孩子們聊聊，聽到他們開心地說起搭船遊博登湖。

晚間我看電視足球轉播，巡邏過全家之後便在十點半就寢。我躺在漆黑夜裡，不斷查看鬧鐘，記得最後一次看是凌晨三點，所以我至少在那時之前都沒睡著。我納悶，爲何時光彷佛回到童年時期，樓下又有危險伺機而動。我不想拿父親和迪特．提貝瑞歐斯相提並論，只是有種似曾相識的心情。

此時害怕的心情不同於當年我對父親的恐懼，但是我躺在床上，依舊覺得危險步步進逼。現在令我困擾的就是自己的男子氣概，我已經沒把握政府能不能幫忙，也許我得靠自己趕走迪特．提貝瑞歐斯，保護家人的安全。

我陷入某次聖誕夜歷歷在目又無限迴圈的記憶中。幾年前，我們一大家子一起慶祝聖誕假期。在場的人有我的父母、瑞貝卡的母親、她的外婆（也就是我孩子的外曾祖母），還有蔻娜莉亞與她的新男友繆恰。我弟弟缺席，他鮮少出席家庭聚會。這次他從美國明尼亞波利斯聖保羅打來，推託說他有個案子可能會讓他大紅大紫，稍後就會寄電郵給我。我始終沒收到那封電郵。

姊姊的婚姻半年前破裂，她和這個羅馬尼亞男子已經交往兩個月，對方來自布達佩斯，在柏林開健身房，兩人就在那裡認識。母親警告過我，說繆恰「不太一樣」。起初我們很投緣，他熱情、友善又格外英俊——肩膀寬闊、魁梧高大。姊姊沒和這類男子交往過，以往的對象多半溫吞、又不太上進。她不想和前夫生兒育女，因爲她認爲他養不起孩子，他還沒努力到那個階段，她便離開他。相反地，繆恰則是精力充沛。

自從妻子負責聖誕節以來，這些假日更添節慶氣息。我小時候的聖誕樹向來稀疏、矮小，現在瑞貝卡買的高加索冷杉葉子在我家的挑高屋頂下還會被壓到。妻子眼光卓絕，因此聖誕樹向來布置得活潑又有品味，有時是紅色調，有時是白色調，有時則是蜜糖般的金色。我們沒有固定的聖誕節習俗，我們家沒有一個人是虔誠教徒，只有蔻娜莉亞除外，她從十五、六歲開始接觸，後來就心懷敬意地徹底投入。所以我看到繆恰才會那麼意外，他對生命散發的熱情似乎不符合我對姊姊的印象。然而蔻娜莉亞也不會強迫他人信教，隨我們高興怎麼慶祝聖誕節都好。

首先，我們所有人都上教堂，接著就是拆禮物的時間。我必須老實說，這個習慣年復一年地把孩子改造成我完全不認得的陌生人。沒有其他文字可以描述此情此景，在聖誕樹下那半小時，保羅和小菲會貪婪地拆開禮物，從一件撲向另一件（永遠堆積如山），最後卻略帶失望（儘管禮物堆積如山），問道是否都拆光了——在那半小時內，我完全認不得這兩個孩子。我們沒唱聖歌、沒頌詩，也沒祈禱，但是拆完禮物之後就是吃聖誕大餐，每年都由我的母親主廚，內容也總是一成不變，都是烤火雞佐紫甘藍菜和馬鈴薯，飯後則是焗蘋果。姊姊帶頭謝恩禱告，我們其他人總覺得尷尬，不知道雙手該擺哪裡。桌上？桌下？交握？兩手交疊？眼睛要看哪裡？腦子裡該想什麼？我和蔻娜莉亞處不好時，我大概一臉同情甚至不屑。

後來我勉強可以放空一分鐘，什麼也不想，但是沒多久，她就死了。

如果我們家有更悠久的固定慣例，是否就能安然度過那年聖誕節的「繆恰大難」，也許我們便能控制當晚的局面，也許可以堅持用我們的傳統過節——就是不能在聖誕節吵架，要互相體諒，而不是攻擊對方。我們對聖誕節的概念就是一般人所謂的「休戰」期。

起初氣氛並不差，繆恰對姊姊體貼入微，對其他女性也很友善，包括瑞貝卡的外婆，總是留意她們是否需要醬汁，或酒杯是否空了。他的細心頗讓大家著迷，因爲我們從未對彼此如此殷勤，至少我家從來沒有。繆恰的故事源源不絕，彷彿用一張閃爍著絲光的網子擄獲每個人。他引領我們一窺獨裁者尼古拉・齊奧塞斯庫[15]一九八〇年代在布達佩斯興建的偌大宮殿，我們跟著他走進大如體育館的房間、穿過無數迴廊、經過從未有人煙的隱密角落。我們看到金碧輝煌的吊燈、鍍金的水龍頭，看到早遭人遺忘的小人物在宮殿各個角落鋪磁磚或撣灰塵。

繆恰本人就在宮裡擔任電工，負責在牆上裝設成千上萬的電燈開關，工作似乎永遠沒有

15 Nicolae Ceauşescu，羅馬尼亞共產黨政治家與獨裁者，其政權於一九八九年國內爆發革命時被推翻，本人及妻子則遭到槍決。

盡頭，而且成天都看不到一個人影。他說得好像他就是這座華麗大理石宮殿的眞正主人，他掌控大小事務，即使建材沒準時送達，他也會確保建築工程毫無延宕。他同情齊奧塞斯庫的獨裁統治頗令我介意，但我當他純粹是懷舊。革命推翻齊奧塞斯庫夫婦之後——我清楚記得兩人陳屍的照片——繆恰就轉往西方國家，經過幾次失敗，最後落腳柏林。他先擔任健身教練，後來買下健身房。

此時我們已經吃完焗蘋果，我開始覺得不安，因爲繆恰說他不只可以幫人鍛鍊體魄，還自稱有超自然力量，可以治癒靈魂。他深信自己的手，那雙在齊奧塞斯庫宮殿裝開關的手，可以行神蹟。他瞥到我懷疑的眼神，立刻跳起來，開始按摩瑞貝卡外婆的脖子，因爲她稍早抱怨脖子痠痛。一分鐘後，他問外婆是不是好一點，老太太除了說是還能說什麼？她都九十二歲了。他投來勝利的眼神，繼續按摩，同時敘述上週有「土匪」闖進他的健身房，偷走筆記型電腦和音響。

「結果警察做了什麼？」他問。從他輕蔑的語氣聽來，答案不證自明：什麼也沒做。「德國的警察向來啥也不幹。」繆恰說。倘若他當晚經過自己的健身房，看到那些小偷，他們肯定沒命。對這些人不必展現仁慈之心，因爲他們只會越來越囂張，而且德國的治安的確越來越差。我說我們的國家有法治，警察的破案率也頗高。

「哈。」他的手還放在瑞貝卡外婆的脖子上，然後列出一長串警方沒偵破的竊盜、謀殺案，而且毫無例外地，受害者都是他認識的人。

我瞄父親一眼，以前他也有類似言論，但是他年紀越大越溫和，現在還投票給綠黨。他沉默不語，注視著繆恰的眼神彷彿正在祈願，禱告這個男人適合蔻娜莉亞，儘管現在看不出來。

繆恰說，德國人太軟弱了，只會吃得腦滿腸肥，只想著養老金。他們已經沒有膽量捍衛自己，很快就要沉淪了。

我起身走向聖誕樹，挖出燒完的蠟燭，裝上新蠟燭。我又力不從心地幫法治政府說了幾句話，繆恰打斷我，他的手不再移動，就停在瑞貝卡外婆的肩上。

「這裡沒有男人，」他說，「你們有美麗的女人，」他迷人的眼神掃過我的姊姊和妻子，「但是你們沒有真正的男子漢了。」

不知道點燃聖誕樹下的蠟燭算是男人或女人的工作，火與烹飪有關，所以石器時代多半由女性負責生火。因此我的任務沒有男子氣概，而是女性的職責，從雄性角度看來就是娘娘腔。但是我也看過男人舉著火把追長毛象的圖畫，所以我用長火柴點燃蜜金色的蠟燭，也許就是維護雄性傳統。

「好啊，還有美女最重要。」我說，但是我想辦法用幽默感扳回一城的努力並不奏效。繆恰繼續長篇大論，他批評「吃太多的德國人」，我們都沒反擊。就像他所說，我們太軟弱。但是這種說法只有幾分眞實性，也有失公允。

當時我們已經知道我姊姊罹患乳癌，她的婦科醫生多年來都沒發現，兩年前才診斷出來。姊姊很謹慎，總是定期做乳房X光檢查，醫生卻證明他自己有多無能。等他發現時，癌細胞已經擴散到肝臟，通常就等於宣判死刑。但是我沒想到姊姊竟然有對抗病魔的毅力。她接受荷爾蒙療法，成了素食者，每天凌晨五點半到公園打太極拳。最後癌細胞消失了，蔻娜莉亞自認健康、是對抗癌症的倖存者。身爲她的家人，我們爲了她、爲了自己，也附和她的看法。但是當時我們對癌症知之甚詳，即使從來不說，也不由得想著：癌細胞會躲起來，會復發，尤其是肝轉移瘤。所以只要對蔻娜莉亞有好處，我們都很慶幸。男人肯定對她有幫助，尤其她才剛離婚。如果她選擇繆恰是因爲他自認有癒療神力，我無所謂，即便我自己並不相信。也許他只是床上功夫了得，那種幸福也能抵禦癌症，有何不可？總之我們絕對不會阻撓姊姊追求幸福，所以我們才默不作聲，所以我才背叛自己的價值觀。

那是雙重背叛，因爲一方面我默許他人用無知、野蠻的觀點解讀民主、文化和法治；另一方面，我又默默希望父親會進小房間，那裡肯定有槍。爸媽向來會和我們一起過聖誕夜，我們得訓誡父親別把槍放在枕頭底下，不能當這裡是他自己家。孩子們可能會找到，繼而釀成悲劇。我對繆恰滿腔怒火，以致想像父親持槍指著他的腦袋，要他別再胡言亂語，告訴他，我們也能捍衛自己。那年聖誕夜，我太懦弱，無法爲文明挺身而出，同時心裡又向野蠻行徑低頭。

接下來的夜晚都很平靜。最後繆恰抨擊的炮火停息，終於坐下，再度和藹對待所有人。姊姊從頭到尾都很沉默，和男友卿卿我我，彷彿沒發生過任何事情，彷彿先前的話不值得她警醒。午夜過後許久，我很慶幸他們終於離開。

我躺在床上無法成眠時想著繆恰，納悶如果是他會怎麼解決這件事。迪特・提貝瑞歐斯可能早就沒命，否則就是繆恰把他打得半死或折磨他，逼他搬走。眞希望繆恰是我的姊夫，我就能打給他，請他來幫忙處理。這個願望頗令我羞愧，我不可能打給他，現在不行。他和我姊一樣都死了，甚至比她更早過世，在羅馬尼亞發生車禍。老實說，我也不可能打給他。我相信法律，至今都深信不疑，儘管就我們而言，法律有其漏洞。

民主往往醜陋不堪，因爲太多政客瞎搞一通，但是這畢竟已經是最好的制度。如果是獨裁國家，我怕的人——那些聰明又肆無忌憚的人——可能當權，爲了掌權，他們會採用更令我恐懼的人——那些野蠻的蠢人。我害怕獨裁，因爲我害怕唯命是從：聰明又肆無忌憚的人命令野蠻的蠢人痛打我，因爲我熱愛自由。相反地，民主政治適合不能、也不肯訴諸暴力的人。以前，你也許會說這是軟弱之人的政治。就這種傳統定義而言，我是很軟弱，我承認；我希望維護自己立場的方法是藉由協商，而非比武或槍戰。我們這些軟弱之人不想看到人類自相殘殺，所以才建立法治社會，委託警方執法。問題在於我們擅長塑造出保護我們的社會，一旦社會保護不了我們，我們便無法捍衛自己。我們甚至不喜歡打架，因爲擔心腦漿四溢，畢竟腦子是決定強弱的關鍵因素。

當晚我左思右想，思索自己是否拿出男人應有的態度，我說的是這個字眼的古典定義而言。目前看來，國家沒有保護我的家庭，我必須自己扛起重任。我是否早就失格？因爲我沒在一開始就撂倒迪特·提貝瑞歐斯，反應不像發怒的黑猩猩。

我聽到馬桶沖水聲，迪特·提貝瑞歐斯和我一樣醒著。聽到他那個聲音也太丟人，還得想像他擦掉殘尿——倘若他有那麼一絲不苟——擺正陰莖。這個男人和我一樣，渴望同一個女人。這就是美女的問題：你對她們的慾望會讓你與其他男人相提並論，即使對方是白痴或迪特·提貝瑞歐斯這種變態。我筋疲力竭地想甩開這個念頭，爲了分心，我想起普忑。我看到她的舞姿，看到她的豹紋比基尼、高跟鞋、結實的胴體。那是我當晚最後記得的畫面。

19

起床之後，我第一件事就是去門口看看有沒有信，窗台上空無一物。我九點出門，先去火車站附近的乾洗店。那不是鄰家小店，你不會送裙子或襯衫去乾洗，那裡比較像是工廠，專門服務商用顧客，例如餐廳或民宿。經理名叫湯瑪斯・華特，就是他把地下室租給迪特・提貝瑞歐斯。

櫃檯小姐請我到建築物後端找老闆，我得先推開厚重的鐵門，進去之後，周圍盡是小小的衣架和機器，有些看來似乎是巨無霸洗衣機。裡面很熱，濕氣附著在我的皮膚上，我看到水蒸氣，聽到隆隆聲和嘶嘶聲。穿著白色連身褲的人站在機器之間，因爲水蒸氣的緣故，我沒立刻認出華特。我問了幾個人，發現有個年輕女子從機器拖出白色床單，他就站在機器邊。我走過去時，兩人有說有笑。

我本來以爲他會認得我，我們曾經一起和其他屋主閒聊，我就記得他，但是他忘了。我表明自己的身分，請問能否和他私下聊聊。華特說那名女子來自摩爾多瓦，一句德語都聽不懂。她沒因爲我就放慢動作，不斷拖出白床單。

他的房客，我說，騷擾我的妻子，他身爲房東能不能警告他？我們無法再和他處在同一個屋簷下了。我願意幫地下室找新房客、負擔相關費用。我必須扯開喉嚨，才能蓋過機器聲響。

「老迪特究竟做了什麼？」

他叫得這麼親暱，我有點擔心。

「他寫猥褻的信給內人。」我說。從華特的表情看來，他一點也不以爲意。

「情書嗎？」

「不是，內容猥褻，」我說，「是關於性，而且很變態。」

他彷彿瞭然於心地點點頭說：「迪特從來沒給我惹過麻煩。」

「他宣稱我們性騷擾自己的孩子。」我說。

摩爾多瓦女子看著我。她從洗衣機拉出所有白床單，放進推車。

「性騷擾你們的孩子？」華特的口氣半是質問。

「我們沒騷擾自己的孩子。」我立刻發現這句話一脫口，彷彿罪證確鑿。你不該告訴任何人，你沒騷擾自己的孩子——這是天經地義，理所當然。我滿頭大汗，站在機器之前很熱，襯衫和西裝褲都黏在我的身上。

現在華特饒富興味地看著我，簡直就像打量我。「迪特怎麼會這麼想？」他問。

「我不知道。我只曉得，我一點也不想和他住在同一棟大樓裡。」

「他是好房客，」華特說，「付房租的是社福單位，所以向來準時。你有去報警嗎？他們怎麼說？」他問。

「他們還在調查。」我說。

「很好，等警察調查完，我們再談好嗎？」他的語調並不惡劣，只是這番談話徒勞無功。

「好吧。」我意志消沉，眞希望來商量的人是妻子。她比我更擅長堅守立場，我們的任務分配錯誤了。話又說回來，我不可能讓她獨自留在家裡對付迪特．提貝瑞歐斯，我帶著孩子投奔岳母。

我開車到公司處理公務，卻不記得自己到底做了哪些事情。

那晚，我又久久無法成眠。在寂靜無聲的夜裡仔細傾聽，想著迪特．提貝瑞歐斯是否也躺在床上睡不著，納悶他是不是也想著我。我們兩人頂多相隔十到十五公尺，兩個男人都躺在被子裡，腦袋擱在枕頭上，表面看來平靜無波，內心激動不安，彼此的人生糾纏交錯——

一個是已婚建築師，有美麗嬌妻和可愛子女的小康中產階級；一個是由政府撫養長大、失業、無親無故、靠政府津貼度日。

所有優勢都站在我這邊，但我擔心這些條件反而不利於我，有些人——社工或記者——可能想把這個故事視爲地下室貧民與一樓富人之間的鬥爭。到頭來都成了我的錯，都怪我這個階級不好，迪特．提貝瑞歐斯才必須發動革命。人們會想看到他成功，看到我落敗，那種輿論力量會幫助他獲勝。我的心跳不斷加快。

隔天早上，我前往社會福利單位。我先打過電話，對方說他們不能在電話裡提供資訊。我詢問櫃檯人員，跟著指示穿過迴廊，領號碼牌，似乎等到天荒地老才能輪到我。我看著其他等候的人，看到冷漠、傷心、屈辱、憤怒的情緒，最後我一樣毫無進展。

終於輪到我進去，室內毫無裝潢，連一個盆栽都沒有。圓桌對面有兩個男人、一個女人，桌上沒有任何卷宗。我據實以報，口氣近乎機械、單調。我對著漠然的臉孔說話，等我說完，女人說他們不能和我討論迪特．提貝瑞歐斯的事情，甚至不能透露他的房租是否由政府支付。一名男子補充，他們必須請我接受這一點。

「看來我不接受也不行，」我說，「但是請你們想一想，也許我的鄰居需要協助，這是社福單位的責任，對不對？」聳肩、沉默，我留了名片便離開。

我在迴廊撞到某名男子，他胖到我根本不可能沒看到。「抱歉。」我低聲說。

「下次走路要看路。」他在我背後大叫。

肥子，我心想，死肥子一個。

晚上回家時，信箱裡有封信，我馬上就注意到寄信人不是迪特·提貝瑞歐斯。筆跡不一樣，信封蓋著免費郵資的戳印。有個律師通知我，他代表迪特·提貝瑞歐斯。信裡只寫了這麼多，我卻覺得飽受威脅，我認為這封信的意思就是迪特·提貝瑞歐斯已經請律師來對抗我們。我在車站附近的義式餐館吃晚餐時，想到這封信也許是好事。提貝瑞歐斯顯然決定走法律途徑，我們在這個領域交手就一定能贏，費用多少在所不惜。我有存款，如果還不夠，我可以再想辦法。

我打給妻子，再度散播樂觀態度。我必須承認，我只是扮演行動力十足的丈夫，假裝自己是盡全力捍衛家人的戰士，還宣布自己已經有進展。事實上，我依舊原地踏步。警方沒有後續回報，我和律師通電話也知道她申請不到禁制令，然而這還無法激發我效法繆恰。在收到我們的跟蹤犯的律師函之前，他毫無動作，我已經幾天都沒看到他。我開始懷疑，自己打的是一場根本不存在的戰爭。

十天之後，當我更老實地描述家裡的狀況，妻子說也許事情眞的落幕了。「他可能恢復理智。」她說。我們認為她隔天就該帶孩子回家，往後只要提高警覺就好。妻子說她不怕迪特・提貝瑞歐斯，只為保羅和小菲擔心，我完全明白。事情牽涉到孩子，最令我們覺得不堪一擊，也因此感到焦慮。

20

無論身為兒童或成年人，人生始終無法擺脫恐懼是不是很糟糕？除了怕爸爸之外，我孩提時期另一個重大恐懼就是核戰。你不必深入了解東、西方的軍武競賽，什麼都不懂也無所謂，光是一個句子就能讓你寒毛直豎。一旦核戰爆發，全世界都會毀滅，沒有人可以生還。我只要望出校車，告訴自己，到時這些房子都會倒塌，只要環顧全班，告訴自己，這些孩子都會死光，恐懼就盤據心頭。光明燦爛的人生會因為核戰立刻變色，而且沒有人挺得過。我平時用來粉碎恐懼的想法在這裡都行不通。當我恐慌班機會墜機，就告訴自己，有一個人會活下來，那個人就是我，史上的確有類似案例。但是核戰一開打，沒有人能存活，也沒有人想逃過一劫。我在充滿輻射的荒原能做什麼？老鼠可能都大得像狗。當時我還不熟悉「變種」這個詞，儘管沒有人告訴我，我也知道輻射線會把普通生物變成怪物，此外還會得癌症。我對核戰的恐懼是既怕死，又怕活下來。所以核戰才會這麼致命。我常常整夜失眠，想像全世界的毀滅，想著自己也會被摧毀。

即便我對父親的眾多槍枝無知無覺，也會成爲和平主義者。打從十六、十七歲開始，我發狂似地拚命閱讀主張解除武裝的書籍、文章。我很快就學會那個詭譎年代獨有的簡稱和標語，例如SALT Ⅰ[16]、MIRV[17]、彈性反應[18]、恐怖平衡[19]、SALT Ⅱ、SS-20[20]、Pershing Ⅱ[21]、零方案[22]。我在臥室房門外貼了一張和平鴿海報，白色鴿子背後是蔚藍晴空，就爲了讓父親看到，他已經許久沒踏進我的房間。如果他認爲我的音樂（當時聽的是雷鬼）太大聲，會在樓梯底下大吼，如果音樂還是吵到我根本聽不見，他會用力推開房門大叫，總之絕對不會進來。

一九八一年十月，和平運動在西德首都波昂遊行，我和幾個朋友一起去參加。我們抗議北大西洋公約組織的「雙軌決議」，當時西德總理施密特大力促成，因爲他擔心華沙公約組織成員國與北約之間的軍備不平衡會導致西德有安全顧慮。施密特認爲我們應該強迫蘇聯同意限制部署的武器種類，唯一的方法就是西方也先研發類似的武器。這種做法在我們看來太過瘋狂。

當時畢業考就快到了，但是事關人類存亡，我們要求校方准假。學校老師分成兩派，有人和我們站在同一邊，這些不支持北約的人想同意我們請假；支持施密特的人則持反對意見。校長決定，我們示威當天必須照常上課，但是有個與我們同仇敵愾的老師說我們就算蹺課也不會受罰，我們就此拿定主意。

我們搭火車前往波昂。這次東德邊界檢查證件的警衛比較友善，沒搜身、沒拉長臉。這是我第一次看到那些穿灰制服的男男女女面帶微笑，他們離開之後，我們的車廂一片靜默。我們在保守媒體上看到我們是東方集團的第五縱隊[23]，說我們只是助紂爲虐，壯大布列茲涅夫的聲勢。我們捧腹大笑，我們才不同情眞實世界的社會主義，畢竟我們太常造訪東柏林，根本無法接受那種生活。我們要的是和平，是拯救世界，也認爲多生產一枚飛彈都會增加核戰的可能性。結果現在我們被當成華沙公約組織的同路人，因此有幾公里路的路程，大家都

16 第一輪的戰略武器限制談判。SALT I 始於一九六九年十一月十七日，迄一九七二年五月，談判歷經兩年半。
17 多彈頭飛彈。
18 一九六一年古巴飛彈危機後，美國擔心核戰可能會因意外或一時誤判而爆發，便提出彈性反應戰略，以逐步升級的方式，有選擇且有限度地使用「戰術性核武」來因應蘇聯所挑起不同程度的衝突行為。
19 指冷戰期間美蘇雙方的核武競賽，導致彼此陷入一個「恐怖的均衡」。
20 蘇聯第四代戰略飛彈。
21 美國潘興二型飛彈。
22 Zero Option。一九八〇年代美國總統雷根在全球，特別是太平洋西岸這個戰略點上，採取了「零方案」，也就是削減核武。
23 意指在內部進行破壞，與敵方裡應外合，不擇手段意圖顛覆、破壞國家團結的團體。

心情低落。後來我們擺脫壞心情，開一瓶馬丁尼小小慶祝，畢竟事態嚴重，我們可不能喝醉。火車晚上抵達波昂，我們在車站徘徊，稍晚就躺在萊茵河畔的長椅上打哆嗦。

隔天我和大批民眾走上霍夫公園，聽著支持和平與裁減軍武的演講，心裡想著父親。我們父子已經多年沒說過話，挑釁是我和他的唯一互動方法。如果我說的話沒激怒他，他就對我視而不見。我不想說我們就像美蘇兩國，因爲父親和我都不想滅絕人類。我們之間也沒有恐怖平衡，這是當時另一個流行詞，只能稱得上關係緊張。我下定決心，要將示威遊行渴求和平的心情帶回家。

我先找上母親，因爲父親的槍也令她不堪其擾。她小時候吃的苦頭遠勝過他，所以不想再與槍械扯上關係。她當初看上這個男人，至今都不離不棄，可說是愛的奇蹟。不出我所料，她贊成我的計畫。某天下午，我們趁父親去上班時，偕同姊姊和弟弟起草裁軍協定。我對這類條款知之甚詳，完全知道該怎麼做，還提到信心建立機制、備忘錄。我說個沒完沒了，最後弟弟開始抱怨他一個字也聽不懂。我說，總而言之，除非我們先向父親釋出善意，否則不會有任何收穫。

「你，」我對弟弟說，「可以戒菸。」

「但是他又不抽菸。」母親說。

「他當然抽。」我說。

「才怪。」弟弟說。

母親暴跳如雷，因爲她比較相信我，也應該相信我，最後弟弟同意戒菸。但是我們也答應他，絕對不告訴爸爸他曾經抽菸。

「否則他扔掉槍之前，大概會再開槍一次。」弟弟說。

「你們爸爸不會對自己孩子開槍。」母親說，抽菸的話題到此結束。

幫姊姊想交換條件就更難了。在我爸媽眼中，她幾乎不曾行差踏錯。

「蔻娜莉亞願意再去打靶。」弟弟說。她滿十八歲之後就放棄，我們也發現父親有多失望，但是他依舊默默接受。

「這是裁軍協商，不能叫人去打靶，」我說，「否則有違談判的本意。我們的目的是要打造更安全的世界，不是更危險。」

「我打靶也不會讓世界更危險，」姊姊說，「我只打槍靶。而且我和你不同，我眞的能射中。」

這句話是衝著我來，以往我一定會牙尖嘴利地回敬，但是這次我認眞準備協商，雖然不容易，我還是成功克制反駁的衝動。

「不如你同意不要再那麼臭屁？」姊姊說。「爸爸一定肯交出所有武器。」

這下我受夠了。

「就連上帝也治不好妳的愚蠢。」我冷笑。

母親出面干預。她每次都被迫出面調解，也擅長仲裁，最後我們列出許多條件，整理家裡是其中一項，其他還包括別把單車停在車庫前、縮短淋浴時間、修剪草坪、聽音樂時戴耳機。母親也同意再多上幾堂道路駕駛課，才不會因爲停車刮傷車子。

「我們的要求是什麼？」我問

「要求他賣掉所有槍。」弟弟說。

「那就是『零方案』。」我說。

「你覺得自己聰明過人。」姊姊說。

「也許先從一半談起。」母親說，我們都附議。

我建議我們去森林散步時，由我和父親打商量。我記得每次散步，氣氛都活潑融洽，他還會一邊計畫著我們父子倆要展開的冒險。但是其他人反對，他們也希望在場。姊姊可能擔心如果她不在場，恐怕她就得爲全家和平付出更多貢獻。總之我們同意辦個特別餐會。

過程慘烈。我準備了長篇大論的演講，提到全球局勢等等，卻只是讓父親更無感。等他明白我們的用意，只說了一句話：「不可能。」我們努力堅持，語調盡量和善，但是他兀自沉默、陰鬱地啃著火雞腿，最後突然丟下刀叉起身，勃然大怒地離開。截至今日，他一把槍都沒賣，當然他現在也用不到了，因爲全被警方扣押。

這次災難事件後，我在家裡住不到一年，通過畢業考之後便去上大學。當時我們父子幾乎已經不再交談。

打從那時候開始，我就常回想自己的青春期，左右衡量、斟酌，卻始終得不到明確的結論。當然有快樂時光，例如朋友、少年時期的女友。我擅長和人打交道，成績優異，人緣好又受人敬重。但是一想到弟弟和自己可能中槍，那些緊張時刻完全淹沒幸福時光。我有快樂的童年，卻沒有快樂的青春期。更糟糕的是我少了父親，他沉默含蓄，甚至可說是瞧不起我。然而我有個理論，早期走過慘澹歲月的人，後來都會有幸福美滿的結局。我向來想離開，離開那些槍，離開父親，所以我有人生志向。我胸懷雄心壯志，現在依舊不改，所以我才能成爲成功的建築師。這個想法至少有一部分能安慰我，但也令我焦慮。我的孩子怎麼辦？他們的父母竭盡全力維護他們的幸福，人生初期的快樂，是否能保留到長大成人？我不知道。

青春年華的回憶最不可靠。不久前，我在慕尼黑飯店碰到老同學，我們已經失聯多年。見到賽夫就像看到年輕的自己，只是那個自己竟然不同於我的認知。長久以來，我都認爲自己的人生——就是我心理和口中的自己——反對暴力，但是賽夫卻讓我起疑。我們當然聊到往事，他問我是否知道我哪一點最令他震驚，我說我不知道。他說我曾經和薛海克在教室外打架——我是否記得薛海克？我只有模糊的印象，我和賽夫都只記得他的姓。

「你打贏了，」賽夫說，「你坐在他身上，抓起他的頭往地上敲了好幾下。」

「不會吧，我不相信。」我說。

「事實就是如此。」賽夫說。

我沒理由懷疑他，但是有兩點頗令我驚恐：一是我做過這種事情，一是我竟然忘了。這種事情會嚴重影響你對自己的看法，如果這種事都能忘掉，你怎麼知道自己究竟是什麼樣的人？我的人生故事到底該怎麼寫？也許父親勃然大怒時，眞的拿槍頂著我的腦袋，威脅扣下扳機。自從賽夫告訴我這件往事之後，我的人生自述就不太明確，原來我們時時都會有新發現。

最近更讓我煩惱的是有些記憶其實根本沒發生。例如我有時會擔心孩子可能會突發奇想，說他們遭到我或妻子的性騷擾。畢竟有人說出這個猜疑，即使這個人是鬼鬼祟祟的迪特·提貝瑞歐斯。這是我們家的故事的一節，保羅或小菲可能無意識地接收，將來如果人生不順遂，他們也許會想像自己曾經遭受虐待。

21

妻子才從她母親家帶孩子返家二十小時，又在門口窗台上看到一封信。她打來公司，說迪特・提貝瑞歐斯宣稱他已經寄電郵給RTL電視台、德國衛星一台和《畫報》。他說，我們知道這些媒體對哪些題材感興趣。妻子抓著信到地下室，找他「當面對質」，大概就是大吼大叫，結果他只是恬不知恥地咧嘴笑。

我帶著信去找律師，又把影本送去給警局的柯羅格小姐。她們都說這份資料沒有太大影響，對我而言卻代表重大改變。日後回想，這就是我所謂的監視階段的開始。當天晚上，開車回到我家那條路，我以爲會看到一排印著商標的廂型車和大批帶著麥克風和攝影團隊的記者。街上沒有這類車輛，但是有部攝影機隨時跟著我，那部攝影機就在我腦中。我開始透過鏡頭檢視我的人生，一個從未虐童的男子的生活。

只要帶保羅和小菲到遊樂場，我就會注意自己的行徑，不能像個虐童家長。然而我不知道該怎麼做，只能盡量舉止正常。我現在格外莊重，隨時都意識到自己一舉一動很尋常，知道我並未虐待孩子。我透過警察的眼光檢視自己，也模擬警探、記者、社工等任何驚醒我的噩夢裡的角色。爲了經得起他們的嚴厲審視，我守法到一絲不苟的程度，就連一張口香糖的包裝紙也不會丟到地上。我以前也從未亂丟垃圾，現在做起這些事，更是帶著從未虐童的父親的自覺。

我的日常生活，我的常規標準，都成了一套表演。我扮演無害的成人，飾演非虐童者。然而這種有意識的避嫌，根本就是此地無銀三百兩，所以心心念念不要虐待孩子，更令人覺得可疑。這是我的邏輯，也是我的思考模式。證明自己不是某種人的過程中，我的腦中不時浮現想都沒想過的畫面。我看到我沒對孩子做過的事情，不但以前沒做過，以後也不可能。我不再是原來的我，我成了完全相反的人。以前我對抗——如果那也能稱之爲對抗——迪特・提貝瑞歐斯，是將他當成陌生人，當成住在地下室的瘋子，在我情緒激昂時，就說他是樓下的混帳東西。然而那個時期已經結束，他鑽進我的體內。如今我得對抗自己，對抗揮之不去的念頭和影像。我甚至沒告訴妻子，我覺得好羞愧。

我耗費許多時間、心神，才覺得自己屬於中產階級。槍與中產階級無關，我卻在滿屋子的槍械中長大。將打靶當成休閒活動通常令人聯想到貴族，但是持有槍械往往象徵著犯罪活動。德文古板的「中產階級」（Bürger）一字太重視市民的好名聲，要躋身此列，絕對不能有一絲一毫含糊不清的疑點。名聲相當於裹住全身的斗篷，但也容易變得破碎襤褸。所以中產階級才會這麼焦慮：我們都得仰賴別人的信任。自己正直高潔還不夠，別人也要認為你正直高潔。即便毫無根據，一丁點謠言就足以摧毀你。

我想像自己沒看的報紙已經將我當成頭條報導，那些報紙在車站書報攤猛烈抨擊我，大聲叫囂著我不想知道的事情。紅牌建築師是否虐童？只要一個問號就夠了，這個問題本身就已經隱含答案，你完蛋了。我不是紅牌建築師，天差地遠。我的確有自己的強項，也有一定的名聲，然而我不是卡拉特拉瓦[24]、荷索[25]或柯爾霍夫[26]。但是記者喜歡用「紅牌」吸引讀者矚目。如果我在書報攤看到某則新聞說足球明星毆打教練，我便知道這個球員一定不紅。如果是巴斯提安．舒韋恩史迪加[27]，標題就會寫著：舒韋恩史迪加毆打教練。媒體提到真正的紅人會直接指名道姓，反之才會被稱為紅牌，這就是世道。報紙會說我是紅牌建築師，讀

---

24 Santiago Calatrava Valls，著名的西班牙建築師、藝術家。
25 Jacques Herzog，瑞士建築師，北京鳥巢就出自 HERZOG & DE MEURON 團隊。
26 Hans Kollhoff，德國建築師，著名作品是柏林的柯爾霍夫大樓。
27 Bastian Schweinsteiger，前德國國家足球隊長，綽號小豬。

者看到這種標題更不屑。從紅牌到虐童惡人，哈哈，眞糟糕。

「你老愛提中產階級的價值觀。」弟弟有時會大笑。某次晚宴，我提到中產階級有投票的責任，他剛好在場。

當晚有九個人：一對是記者和投資銀行家的丈夫；一對是劇場導演和他的情人，對方自稱畫廊老闆，只是目前沒經營任何畫廊；一位肺病專科醫生和新女友，此女在公關業界，多半負責德國家庭事務部的業務；另一個就是弟弟，一如往常，他當天也隻身出席。在他說這句話之前，整個晚上的氣氛都很融洽。因爲父親打到一頭野豬，送來一塊腿肉和脊骨腰肉，我們晚餐吃蔬菜燉野豬肉、搭配上好的黑標特釀紅酒，那支酒的顏色超深，牙齦都會被染成藍色。上主菜時，我說了一點父親的趣事，說家裡地下室掛著野豬、鹿臀、野兔，姊姊因此很不開心，因爲她爲這些動物感到哀傷。她從來不吃肉，我們兄弟最開心，因爲我們兩人就可以吃更多。

我們從未見過肺病醫師的新女友，她一聽就對我的父親產生興趣。我粗略地提到槍，輕描淡寫地描述父親，弟弟偶爾插話，女公關則目不轉睛地盯著他脖子上的刺青。刺青圖案是弟弟親自設計，是某種邪魔的藍色臉龐，弟弟管它叫克林索爾[28]。我們聊了一會兒，父親向來是精彩的素材，大家聽得如痴如幻。槍械已經不是現代生活的必需品，但是大家不是最愛聽脫離常軌的故事？

說完之後，沒有畫廊的畫廊老闆說我提到父母家時，用的字眼是「家裡」。

「眞的？」我頗吃驚，但是投資銀行家也聽到了。弟弟咧嘴說：「你的確這麼說。」

「這裡才是我家。」我瞄了瑞貝卡一眼，大家很快就熱烈討論起何時不再稱呼父母家爲「我家」。記者說她到現在還這麼說，她回雷根斯堡探望爸媽時，依然說她要回家。醫生說有孩子之後，妻子說當你不再回父母家過聖誕節，而是邀他們過來之後。

我開了第六瓶的黑標，儘管桌上還有半瓶，另外還有一瓶也開了。黑標需要時間醒酒，而且這麼多年來，我學會掌握晚宴的節奏。這天是中快板，有兩人很會喝，一個只能小酌，其他人的酒量中等。多數人都小看了十四．五％的酒精濃度。

接著話題轉向政治，我就是當時說了那句話，挑起記者的激烈反應。這下我得解釋何謂「中產階級」，但是那不成問題，畢竟這是我經常前思後想的主題。

「絕對牽涉到受教育的渴望，」我說，「包括自己努力追求學識。此外，保持冷靜也很

---

28 Klingsor，可能是華格納歌劇《Parsifal》中的邪惡巫師。

重要，」我又補充。「中產階級不會情緒激動或歇斯底里。」

財富是其中一環，卻不至於凌駕一切。真正的中產階級不能忍受生活受到數字擺布，例如股價、股息、利率等。家庭很重要，但是，所謂的家庭包括各種永久的情誼。一方面說來，中產階級的生活體面，一方面又有幾個絕對不能透露的祕密——至少不能刪除這種可能性。中產階級關心世界局勢，尤其是政治，因為他們深知政治影響個人生活。另外，任何牽涉到自由的問題都容易牽動我們的神經，這是我列舉的最後一點。我特意留到最後才說，態度瀟灑，語氣卻不容置疑。

我的話才剛說完，餐廳一片鴉雀無聲，我喝一大口葡萄酒。弟弟從頭到尾仔細聆聽又帶著憐憫的眼神，此時假裝向我舉杯。

此時記者發言了，「對我而言，中產階級的要素多半與傳統有關。」我知道她的父親繼承她爺爺的小小服飾店，後來擴充到中等規模。我該說什麼？記者的定義將我排除在外，聽過父親的故事之後，她一定心知肚明。我大受打擊，一時無法機智反駁。

「這種說法也太封建了吧？」妻子及時伸出援手。「中產階級應該是後天努力爭取，貴族階級才是世襲，難道不是嗎？」這個說法引起眾人的注意，只有公關除外，她忙著看簡訊、回簡訊。大家你一言我一語，我則因為太惱火，沒仔細聽他們討論。

最後一批客人兩點離開，每個人都感謝我們的招待。

「你爲什麼就不能算了？」弟弟問。我們頭暈眼花地坐在廚房，不是因爲不勝酒力，而是聞多了朋友送給妻子的鮮花。四個花瓶才插得下這些花，這會兒就放在餐桌上。「你明知道以前在爸媽家過的是什麼樣的日子。」弟弟說。

「可是我們都改變了，」我說，「至少我是。」

「沒那麼簡單，」他說，「你要到幾歲才明白，人無法擺脫本質？」他咧著嘴笑。弟弟可以笑得很邪門，原因不是他的表情，他生著一張和善的娃娃臉。原因出在他脖子上的刺青，那張邪惡的臉彷彿藉著弟弟齜牙咧嘴。

我看著弟弟，場面一觸即發。他說我做作、墨守成規、憤世嫉俗、保守拘泥、可悲至極。我說他不負責任、扭捏作態、幼稚膚淺、白吃白喝、瘋瘋癲癲。當然，這只是嫉妒，我嫉妒弟弟的自由和衝動隨興，他則是希望——至少偶爾——能像我一樣安居樂業。但是兩人指控彼此對父母有多惡劣時，最是口不擇言。

我說：「你利用他們。」

他說：「你應該和爸爸和好。」

這就是我們一向吵架的模式，才能擺脫空氣中的硝煙味，一吐怨氣。之後我們會說能和對方當兄弟有多幸運，兩人都不知道少了彼此該怎麼辦。只是這次妻子插手了，她來帶我上床睡覺。我們三人互相擁抱，妻子抱弟弟，弟弟抱我。他說：「老哥。」

當時瑞貝卡和我過著無性生活，也許地下室的迪特．提貝瑞歐斯妨礙了我們。有一次我在臥室窗下的樹叢發現一個梯子，原來他偷窺我們。他看到我不能自已，看到我妻子的裸體，看到她高潮時的優雅模樣，也許甚至聽到我說的下流話。他看過我們翻雲覆雨，那種噁心的情緒玷汙了我們的行爲，他貪婪的眼神也澆熄了我們的慾火。

除此之外，我們相處融洽，因爲共同抵禦外侮而更團結。我不再逃避瑞貝卡，我們彼此擁抱、彼此安慰、聊著共同的目標、說到我們眼前這一仗。我們的婚姻似乎又恢復健全，我們將迪特．提貝瑞歐斯納入我們的「反正世界」。除此之外，沒有任何改變。但是後來發生了一件事，至今回想起來都覺得痛苦。

某個晚上，大約是瑞貝卡從她母親家回來三、四週後，我發現自己——我無法用其他說法——又回到「露娜」。迪特．提貝瑞歐斯已經沉寂了一段時日，我們開始懷疑他也許已經放棄，也許我們不必再怕他。這一仗還沒打完，只要我們和迪特．提貝瑞歐斯住在同一個屋簷下，他就會威脅到瑞貝卡和孩子。然而，我那晚還是去了「露娜」。

我不認爲當時我多想過，我腦中彷彿有自動導航裝置，最後就歡欣鼓舞地點了六道菜，坐在餐廳內畫草圖。吃完第四道的麥酒燉牛頰佐栗子、菊苣，等著第五道胡桃麵包、梨子、芹菜沾起司火鍋時，我才想起自己不顧妻小的安全，隨後又安慰自己，認爲迪特・提貝瑞歐斯不可能衝進我家攻擊他們。

我撕下一張草圖，那聲音向來刺耳，附近的顧客總是會中斷對話、轉頭看我，一個獨自對著火焰生薑醬棗子佐奶油冰淇淋的怪異男子。這次比往常更尷尬，我突然想到，也許我希望迪特・提貝瑞歐斯可以幫我收拾殘破的婚姻。

我放下湯匙，留下棗子和生薑醬。我在心中對自己喊話，認爲有些荒謬念頭毫無來由，但是我不知道這種想法有無科學證據，也可能只是情急之下安慰自己的權宜說詞。我甩開這個念頭，卻沒吃完甜點，也沒點餐後酒或濃縮咖啡。我開車回家，一顆心怦怦跳。

迪特・提貝瑞歐斯正在看電視，我因此鬆了一口氣。因爲我不認爲他有那麼冷血，殺了三個人之後還能坐下來看電影。躺在床上的孩子還有氣息，妻子發出輕微的鼾聲，家裡沒有血跡斑斑。我刷了牙，發誓往後再也不會丟下家人。

22

事後，我去犯罪調查局找警官和律師。案子沒有任何進展，依舊停滯不前。六月二日，妻子打來辦公室，聲調比平常更高。我們女兒邀朋友歐嘉來家裡玩，她們玩了一會兒，瑞貝卡準備開車載她們去鄉間兜風。她走出屋子，迪特・提貝瑞歐斯從地下室上來，說他在底下聽到她性侵小菲和歐嘉。她哪裡也不能去，警察馬上就到。

「妳虐待兒童。」他對瑞貝卡說，那就是他的措辭。萊丁爾巡佐和同事開警車抵達時，她還沒停止尖聲叫罵。迪特・提貝瑞歐斯向警方陳情時，她和兩個女孩就站在旁邊。只要有人報警，說有人可能虐童，無論警方是否採信，都得到場做筆錄。後來兩個警員離開，妻子回屋裡打給我。

「我馬上回去。」我搭計程車趕回家。

我到家之後，直接大步走向地下室，摁了門鈴、用力敲門、大吼大叫。我不知道自己罵了哪些話，已經氣到忘了確切字眼。大概就是要海扁迪特．提貝瑞歐斯，還說他變態、需要諮商輔導。但是我絕對沒說要殺死他，他卻報警誣賴我。

來處理虐童案的相同警察在一小時後折返，問我是否威脅要殺害迪特．提貝瑞歐斯。我完全沒印象，當時否認，後來也始終堅持這套說詞。警察很友善，從他們的表情看來，應該是站在我們這邊，而不是袒護迪特．提貝瑞歐斯。我問他們，接下來我該怎麼辦，警察只是聳肩。

「如果你是我呢？」我問。

萊丁爾巡佐又聳肩，另一位警員露齒微笑，一手放到臀部上的槍套。也許那只是湊巧，但我當時以為他暗示他會用槍解決問題。

我墮入絕望深淵。如果警察都認為唯一的解決之道就是訴諸武力，顯然法律幫不了忙。警方離開之後，我向瑞貝卡透露自己的解讀，她也認同。

兒子去朋友家回來之後，我們便要求他們坐在餐桌邊，詳細解釋迪特．提貝瑞歐斯控訴他們父母做了哪些事情。我們別無選擇，因為小菲親耳聽到有人指控她的母親虐童。我們還沒幫女兒上性教育，所以只能從頭教起，但是從小菲的竊笑聲聽來，她已經對性有模糊的概念。

我清清喉嚨，「迪特．提貝瑞歐斯宣稱，媽咪和爸比對你們做了那些事情。」我這輩子說過許多話，那是最可怕的一句。小菲困惑地看著我，保羅張嘴笑。

「沒有啊。」小菲說。

「你們沒有。」保羅說。

儘管我知道他們只有這個答案，我依舊如釋重負。

「他爲什麼這麼說？」保羅問。

「他是個非常討厭的人，」妻子說，「我們沒對不起他，他卻對我們這麼壞。」我們想讓孩子放心，說他無法對我們做任何事情，說我們會非常小心，他們兩人都很安全。

「否則布魯諾叔叔會來，」保羅說，「到時他就完蛋了。」

「對，」我說，「如果他敢輕舉妄動，布魯諾叔叔會狠狠打他一頓。」孩子們大笑拍手，「我也會。」我說。

瑞貝卡一手放在我的手臂上，對我微笑，幫我打氣。她知道我的疑惑，爲什麼孩子會指望我弟弟保護他們，而不是仰賴他們的父親？當然有根據，因爲布魯諾來探望我們時，他會追著他們滿屋子裡外跑，一玩就是好幾個小時；他放蕩不羈，脖子上有刺青，還有造訪南美洲或非洲的冒險故事。他們愛他也崇拜他，當然他們也愛我，這點無庸置疑，但是他們知道我性情溫和，會陪他們拼積木、陪他們玩，卻一點兒也不狂野，反正那方面有布魯諾叔叔負責。我以前都不以爲意，現在卻覺得痛苦難受。

送孩子上床之後，我們兩夫妻又坐在餐桌邊，討論下一步該怎麼做。我們已經不寄望執法當局，他們根本幫不上忙。

「我們應該搬家嗎？」我問。我們先前討論過這個辦法，後來也斷然否決。這個方法顯然可以徹底甩開這頭怪物，但是我們都認爲不能屈服，我們才是對的那方，完全不想屈服於不公不義的另一方。我們喜歡這間公寓，這是我們的家，我們的中產階級堡壘、老年的保障。我們兩週前便討論過，但是現在更絕望。我想一走了之，妻子不肯。

「不可以，」她說，「如果有人該走，也該是我們下面那個[29]。」她起身離開，一會兒之後，我聽到她刷牙。

瑞貝卡的措辭有點嚇到我，雖然我認爲她不是納粹那個意思。她不是認爲迪特·提貝瑞

29 Untermensch，意思是劣等人種。在納粹德國時期指的是猶太人、吉普賽人，還有斯拉夫人（主要是指波蘭人，塞族人和俄羅斯人）等。

歐斯比不上我們，應該是就空間而言，他的確住在我們底下。她說他是我們下面的人就強調這一點，她明確指出他住在我們底下的公寓。

往後兩週風平浪靜，我們繼續活在我們的「反正世界」。儘管先前我信誓旦旦，某天晚上，我去了「貝魯加」，那是城裡我唯一還沒去過的米其林餐廳。我吃著炙鹿肉佐榅桲、薑和甘草醬，和侍酒師討論紅酒。我認為那支酒的味道壓過野鹿肉，他卻突然露出奇怪的表情，似乎震驚又略帶嫌惡，我同時也覺得左邊鼻孔下有東西往下流。

「您流鼻血了。」侍酒師說。

我用左手食指輕碰嘴唇上方，摸到濃稠的液體。我拿開手指，定睛一看，是血，我自己的血。侍酒師再度恢復迷人、鎮定的模樣，遞上漿過的餐巾。

「您不舒服嗎？」他問。

「沒有，沒有。」我匆匆回答。我沒流很多鼻血，卻花了一會兒才止血，以致鮮血漸漸染紅餐巾。當時即便有人同行都很尷尬，獨自一人更令我羞愧難當。那是頂級餐廳，男子隻身前往已經夠詭異。人們懷疑他偷聽鄰桌的交談；人們認為他太怪，肯定沒有妻子、朋友；人們瞧不起他，因為他撕掉草圖的聲音令人神經緊張。然而他流鼻血，這下更成了病人、瘋病患，毀了大家的美好夜晚、毀了他們五百歐元的特別時光；先是讓大家看到他的孤單寂

23

我和瑞貝卡在大學餐飲部認識，當時我們都在波鴻[30]念書。我高中畢業就搬過去，因爲我想離開父母，也離開他們的家鄉柏林。我很早就知道自己想學建築，這個選擇顯而易見，因爲我喜歡畫畫。離開柏林的缺點是我無法避開徵兵，但我不在乎。

我租了一房的公寓，主修建築，在建築工地打工，等兵役通知，果然幾個月後就收到。我去做全身檢查，申請因爲道德理由拒服兵役。聽證會符合標準，有幾位老先生出席，其中一人因爲從軍受傷，成了獨臂人。他們問東問西，最後終於問到關鍵核心：「你帶女友到森林散步，突然跳出三個俄國軍人想性侵她。你可以阻止他們，因爲你有槍。你會怎麼做？」

我這一代都對這個問題有所準備。有很多說法可以阻止俄國人，甚至開槍殺人，依舊可以自稱反戰。我知道祕訣，有書籍、簡報教導相關應答。我說我無論如何都不會開槍，我沒辦法攻擊任何人。我會和對方三人好好談，勸退他們。

「但是他們不肯打退堂鼓。」獨臂人說。

「我不會開槍。」我說。

「那麼你的女友就會遭到性侵，你希望事情演變到這個地步嗎？」另一名老人問。

「當然不希望，」我說，「但是我無法開槍，我辦不到。」

「那麼你的女朋友就會被性侵。」獨臂人說。

「我無法對人類開槍。」我說。

我們就這樣來來回回了好幾次，接著他們聲稱要協商便打發我出去。我通過測驗，主席說他們確定我會開槍，我卻堅決捍衛自己的觀點，所以我的確主張反戰。我不必服兵役，只需要服替代役。我選擇先在大學上個幾學期。

起初就是普通的學生生活：打混、喝啤酒、玩牌、交幾個朋友，有時有女友，但都維持不久。聖誕節，我便回家，家裡一切如常。姊姊在藝術學校主修時尚設計，她和高中生的弟弟依舊住在家裡。家裡同樣擺出超小聖誕樹，我們吃火雞、和媽媽玩拼字遊戲，父親則在旁

30 Bochum，位於德國北萊茵—威斯特法倫邦魯爾區，為該邦第六大城市，並有六所大學。

邊看書，一家氣氛還算平和。

我上到第四學期時，弟弟直接上門說：「我搬來和你住。」我不願意，不希望他連高中都沒讀完，卻又無法打發他離開。他就睡在客廳，我們一起去工地打工、一起喝啤酒、吵架、打架，他惹女友生氣，我就給他一些建議。有時我會和他的女友上床，但是她們一定先得到他的允許。起初住在一起還滿愉快，後來弟弟常出門，我不知道他上哪兒去。隔天早上回來，我看得出他玩得很瘋。日後他才告訴我，當時他「除了開槍大屠殺之外，什麼都試過了」。

有時他喝得太醉，我會讀上幾小時的書給他聽，害怕他睡著就不會再醒來。我讀的是《魔戒》，那時候還沒改編成電影，讀者群都自命非凡。我朗誦小說，以免弟弟眼神呆滯，防止他打盹睡著。有時我甚至提高音量，就爲了讓他醒著，如果他許久沒張開沉重的眼皮，我就打他。弟弟就是從那時候開始畫畫，以《魔戒》爲靈感畫鋼筆插圖。這就打下他日後事業的基礎，我能啓發他的靈感，也感到些許自豪。

一年半之後，弟弟消失無蹤。當時我已經去老人之家服替代役，某天晚上回來，看到餐桌上有張紙條寫著：「謝了，大哥。」我衝進他的房間，看到他已經搬空。我打電話四處打聽，沒有人知道他的下落。我們都很擔心他，我半年後才收到他從烏拉圭首都蒙特維多寄來的明信片，半張紙都是照片，只有半張有文字。如果我沒誤會，布魯諾已經加入海軍，隨著驅逐艦莫爾德斯號（Mölders）繞過半個地球。

「妳覺得有道理嗎？」我問母親。

「他畢竟是你父親的兒子。」她說。

「那我呢，我是誰？」我問。

「你也是。」她回答。

開學幾週後，我就在學校餐飲部邂逅瑞貝卡。我獨坐一張桌子，正在吃番茄醬淹沒的白酒燉雞。她過來說：「你就是我想認識的人。」我非常驚訝，腦中一片空白，無法應答。「你會說話嗎？」她問。

「會。」我說。

我看過她好一陣子了。她留著一頭中長黑髮，膚色頗黑，略顯豐腴，不算胖，圓潤得恰到好處。額頭中央有顆痣，幾乎就在正中央。起初我覺得有點礙眼，因爲我覺得中央沒有美感，至少從平面藝術的角度看來，最好稍微偏一邊。她像是地中海地區的族裔，說話卻毫無口音。

「你確定？」她問。「需要幫忙嗎？」

「我很好。」然後說出名字、科系。

「為什麼選建築？」她問。

如果我沒記錯，當初我長篇大論地回答她。「看看我們住的城市，」我說，「看看這些房子，看看這個世界。」我告訴她，蓋房子或設計城市還不夠，還得打造整個世界。我當時就是那副德性，胸懷壯志，認為自大狂傲是優點，不是缺點。我對瑞貝卡描繪我想打造的世界，那個世界會有截然不同的生活、工作、購物經驗等等。那番話不是為了讓她刮目相看，是我的真心話。我拿出一疊紙，開始邊畫邊向她詳細解釋，偶爾抬頭，看到瑞貝卡看的不是新世界的素描，而是看著我。

後來瑞貝卡和我就常出去喝酒、跳舞，去波鴻的劇場看戲，然而我們當了一陣子朋友才成為戀人。瑞貝卡主修醫學，她的父親是亞琛大學的古典學教授，母親是皮膚科醫師，和瑞貝卡一樣有著一頭黑髮，儘管她也不是來自地中海，而是比利時少數的德語人口。所以我有時會稱瑞貝卡是「我的西班牙裔荷蘭女友」，雖然她不太喜歡這個綽號。沒有人知道他們家為何有黝黑膚色。

有時她一早看到我，就提議我們一整天要稱呼對方「先生」、「女士」。否則便提議假扮契訶夫劇本中的角色，她會叫我伊凡諾夫·阿列克塞耶維奇，我則稱她安娜·佩特洛芙娜。她會說：「人格，伊凡諾夫·阿列克塞耶維奇，你總喋喋不休地討論人格。」我則說：「安娜·佩特洛芙娜，妳難道不覺得人生乏味，無聊至極？」這不是引經據典，我們不熟悉大師的作品，只是假扮劇中人。

我們認識半年後，瑞貝卡才搬來與我同居，先前我們始終沒發生性關係，同居後有好幾年都乾柴烈火：我們拚命做愛，即使後來已經不想，也沒有力氣，依舊持續翻雲覆雨，因爲我們非做不可。所有事情似乎都做不煩，我們聊個不停、到處郊遊、旅行；如果有正事得做，我們被迫分開，索性直接丟下正事。就算到最後，我們不能再任性，否則會失去學位、朋友、牙齒會痛死，我們才難分難捨地離開對方，彷彿這一去就老死不再相見。

「那幾年就像我們的神話，」後來瑞貝卡對我說，「後來我找不到你，我說的可不是打電話找你，我的意思是當你在家，甚至就坐在我旁邊，我也摸不清你想什麼，這時我就會想到我們奠定感情的那幾年。我心想，當時的濃情密意不可能消失殆盡，一定能再湧現。」我喜歡這種說法，只是偶爾也懷疑，那個神話是否導致我們誤以爲有安全感，又或者我們夫妻就是因此才能接受我的疏離，接受我的沉淪。

三年後，弟弟回來。他摁門鈴，在對講機另一端叫我下樓。

「你不想上來嗎？」我問。

「不是，我有東西要給你看。」他說。

我衝下樓，好奇他爲何堅持我們必須在街上團圓。我第一個注意到的就是他脖子上的刺青，接著才是他的長髮。我們互相擁抱，我看到路邊停了一部摩托車，那部訂製機車的前叉很長、車座低矮。油槽、擋泥板和側導流板都有精細的圖案，我馬上就知道這是布魯諾的作品，這就是他的風格，是他打造世界的方法，他的世界陰鬱、神祕，猶如出自《魔戒》。

「怎麼樣？」我們擁抱之後，他瞄了一眼摩托車問我。

「很漂亮。」我說。

「拜託，有點熱情吧，」他說，「就不能說超棒、有夠讚、美得令人無法呼吸？」他打我胸口一拳，我也打回去，我們又互相擁抱。

「你怎麼有錢買這種摩托車？」我一問就後悔了。弟弟回來了，我不該馬上就端出家長的架子。

「這是客戶的車。」布魯諾說。

我們在我公寓喝咖啡、威士忌，他說他學會特別的噴漆技巧，現在的工作就是「美化」汽車和摩托車。

「生意已經相當興隆。」他說。

其實不然，現在業務依舊不多。有時他賺到錢，有時沒有，沒收入就靠我和他的女人養，但是她們賺得不多，交往期間也不長。美國、中國、卡達都有他的粉絲，他常常到處旅遊，一會兒嗑藥，一會又戒掉。他過得不錯，從不羨慕他人。有時我認爲他的人生比我輕鬆。

有時我得用西聯匯款到祕魯的利馬或休士頓，否則他沒有錢回德國。我曾親自趕往馬拉威的布蘭泰爾，因爲當地人把他關在茅草屋。他欠了一千美元，身上卻沒有半毛錢。然而那些事情都不影響我，他是我弟弟，我會支持他。有好長一段時間，我只有他這個家人。

最後他搬回來，和瑞貝卡與我同住。空間很小，但是我們相處頗融洽，他和瑞貝卡都喜歡對方。一年後，布魯諾在波鴻找到一間小公寓，一住就住到現在。

我住在波鴻的歲月平淡無奇，喔，對了，只有一件怪事教人不安。當時還沒有手機，某一天公寓電話響了，我接起來。起初我聽不懂對方說什麼，感覺好陌生：「我是爸爸，不知道你最近過得好不好。」我大概沉默許久。那時我根本不認得父親在電話裡的聲音，他從未打給我，就連我生日也沒有。母親會打來祝我生日快樂、歲歲有今朝，敘述我出生的故事，年復一年都一樣。然後她就會幫我父親轉達生日祝福，我會說：「請幫我說謝謝。」現在他親自打來問我，我該說什麼？

「很好。」我說。

「大學生活順利嗎？」他問。

「很順利。」接著是短暫的沉默。我在腦中搜尋字句，還沒想到，父親便說：「沒事了，只想知道你過得好不好。」電話就掛斷了。

我告訴瑞貝卡之後，她說他想傳達善意，表達他的關心。

「但是他從沒關心過我。」我說。

「他有，」她說，「你說他帶你去靶場。」

「那都好久以前了。」我固執地說。

幾天後，瑞貝卡催我打給父親，但是我不肯，現在我相當自責。他當時下定決心找回兒子，卻碰壁撞到一副鐵石心腸——我的心。

我說不出我在波鴻時想念他，但我想念有父親的人生。某年聖誕節過後，我痛苦體認到這點。當時我在柏林等火車回波鴻，旁邊的男子年紀與我相當，他的父親陪他等車。火車進站時，他們用力擁抱對方，久久不肯放開，兩人都淚流滿面，我看得熱淚盈眶，只能趕快別開頭。

東西德統一的那年，我也畢業了，我想回柏林——我對自己說，我想幫忙打造新城市。瑞貝卡與我一起回去，在柏林的知名學府繼續學業。早在當時，她已經知道自己將來不會當醫生。她對人類基因體感興趣，想深入研究。我們後來很快就結婚，因為我們確定彼此相屬。

24

在提貝瑞歐斯出現那年的六月十五日，我們請朋友來家裡吃飯，告訴自己，這是恢復正常生活的第一步：就是重新探索迪特・提貝瑞歐斯出現之前的日常。我們邀請三對最要好的夫妻，他們都清楚我們家的狀況，另外一對的丈夫是瑞貝卡的同學，他們剛好來城裡，我們都不認識他的妻子。瑞貝卡和我說好，當晚絕口不提迪特・提貝瑞歐斯。我們希望享受過去那種平凡夜晚，邀請朋友時也提醒他們。當然，我們沒告訴那位同學，因爲他完全不知情。

瑞貝卡的廚藝還是一如往常的精湛，至少值得一顆星，晚餐剛開始的氣氛也很融洽，我接二連三地開了好幾瓶紅酒。甜點之後，我們聊到最近的政治醜聞，說到孩子究竟是讀公立學校好，還是送去私立學校，日後更有機會進耶魯或劍橋。意見相當分歧，瑞貝卡同學的妻子——專精家庭法——特別健談，宣稱她「不贊成兒童早早接受特權待遇」，支持送公立學校，「才能接觸到各種社會階級，而且接觸的時間越久越好。」

就某種程度而言，我贊成她的意見，但是我說爲了自己的孩子好，恐怕會採取「反社會」做法。大家又激烈討論這個詞彙，瑞貝卡是反對組。雖然先前已經開了兩瓶，但我又開了一瓶黑標特釀，我說過，這支需要醒酒。

有人提到階級的眞正差別在於公衆場合的舉止，他認爲那是「可敬的中產階級特徵」，所以我們舉凡大小事，都會留心不要妨礙別人。我們不會在公車或火車上吃烤肉串，不會在街上喝啤酒，就算喝醉了，也不會對著樹叢或暗巷裡隨地小解。

這時家庭法律師又有話說了，她有不同意見，指出如今搭火車的狀況有多糟，因爲中產階級都對著手機滔滔不絕，一點也不在意全車廂的人都聽到。大家都對這一點有意見，討論非常踴躍。約莫凌晨兩點，我請客人降低音量：我自以爲俏皮地微笑，指指地板，說我們可不希望「打擾我們親愛的提貝瑞歐斯」。其他人都會心微笑，引起了瑞貝卡同學的興趣，他問這個提貝瑞歐斯是何方神聖，爲何大家都知道這號人物。

因爲我蠢到提起這個話題，瑞貝卡自然放棄原先說好的計畫，一五一十地托出迪特．提貝瑞歐斯所有事情，情緒激動到差點脫口說出「我們下面那個」。我數度請她壓低音量，因爲我們和迪特．提貝瑞歐斯只隔三十公分，中間當然也沒有地氈，因爲我們用鑲木地板。瑞貝卡還沒說完之前，我就看到她同學的妻子噘嘴。最後她終於問，迪特．提貝瑞歐斯會不會只是個受害者？畢竟他在孤兒院長大，我們都清楚那種機構是什麼模樣。

之前，我從未將「受害者」一詞放在迪特．提貝瑞歐斯身上。對我們而言，他只是加害者，即使我們知道他也許有悲慘童年，也不認爲他因此有權迫害我們。妻子對家庭法律師的一番話大概也是這個意思，但是兩人開始脣槍舌劍，聲音越來越大，任何人想安撫她們都徒勞無功。

家庭法律師說，樓下的「可憐人」每天都得看我們「炫耀財富」，聽我們穿著「古馳」鞋子踩的鑲木地板咚咚響，將來還得看著我們的孩子功成名就。對他這種「可憐人」而言，一定難以忍受，因爲「社會」沒有給他任何機會，只安排了「黑暗、潮濕的地下洞窟」。他當然得捍衛自己，家庭法律師說。

「捍衛！」妻子尖叫。「我們根本沒加害他。」

有的，我們有，律師說，我們的納粹心態激怒了他。

這下我也受夠了，嚴正抗議對方的指控。

家庭法律師平靜地說，她工作上不乏中產家庭的虐童事件，既然「可憐人」如迪特．提貝瑞歐斯在孤兒院時絕對遭到虐待，肯定對這類事情格外敏感。她說，他一定具備「特別感應雷達」。

妻子聽到這句話暴跳如雷，要律師立刻離開。瑞貝卡旁邊的客人抓住她，否則她絕對會衝向對方，結果她抓起一瓶葡萄酒往地上丟。空酒瓶沒碎裂，只是往旁邊滾。我們的鑲木地板彈性不錯，卻不特別平坦。瑞貝卡大吼大叫，結果門鈴響了。

所有人立刻沉默無聲。當時是凌晨兩點半，我們沒叫計程車，也沒聽到有車子開進來。樓上的婦人去女兒家住，閣樓的夫妻也喜歡請客，因此從來不抱怨鄰居太吵。我起身開門，迪特．提貝瑞歐斯說他睡不著，能否請我們安靜一點？他的語調並不疲倦，而是充滿敵意。他能不能和我妻子談談？他問。她叫得特別大聲。

我沒看清楚他的輪廓，因爲他沒開樓梯電燈。當時他穿著太大的睡袍，至少長度過長，幾乎快碰到地上，袖子也完全遮住手。

我說，他不能和我妻子談，語氣並不冷靜。我對他的厚顏無恥感到怒氣沖天。迪特．提貝瑞歐斯說：「但是她生氣地大吼大叫。」

我說：「我保證我們會安靜。」

我用力關上門。

我回到客廳，看到有些男人，包括妻子的同學，都站在他們太太背後，隨時準備保護她們。我相信，當時我一定泛起輕蔑的笑容。

「迪特．提貝瑞歐斯請我們安靜。」我說。

氣氛再也無法炒熱。我們想回到政治話題，卻是一片尷尬的沉默。妻子的同學說時間晚了，他們應該回飯店，其他人也附和。我叫了計程車，等車時隨便閒聊。那時只剩下我一人，瑞貝卡消失無蹤，朋友客氣地稱讚餐點、熱情招待，那位律師也不例外。計程車到了之後，我送客人出去，我們擁抱、握手，偷瞄迪特．提貝瑞歐斯的地下室。那裡暗不見光，因爲他拉上窗簾。

我回屋裡時，妻子坐在沙發上，輕輕踢開地上的空酒瓶，瓶子又隆隆地滾開。

「你要想辦法，」她說，「眞的要想想辦法。」

25

隔天，家庭法律師打來向瑞貝卡道歉，瑞貝卡冷淡地接受，再三保證她不會放在心上。但是一掛電話，她立刻說：「婊子。」我沒聽過妻子說這種話，但能理解她的心情。朋友來家裡作客，卻說迪特．提貝瑞歐斯是受害者，相反地，我們才是加害者。別人絕對無法指責我們對貧苦階級缺乏同理心，我們向來願意分享自己的財富：我們在非洲濟助一名孩童，與對方還有書信往來；在小菲的要求之下，我們也領養一頭印度老虎；世界各地有地震、天災，我們都會捐款。

當天下午，我前往銀行，又跑了一趟洗衣工廠，經理依舊站在蒸氣奔騰的機器之間。我提議以市價兩倍的十萬歐元，買下他的地下室，最後甚至開價到十五萬歐元，儘管理專說我的財力頂多只能負荷十二萬歐元。買下公寓之後，我們的財務還相當吃緊，況且我又不是那種有錢得要命的建築師。我從畫草圖到監工，凡事都自己來，只雇用兼職的祕書或實習生，所以我的淨收入不算少。然而我一年頂多只能蓋五間房子，所以我們只算小康，不算富裕。

「那個單位不賣。」洗衣店經理說。

「那只是個地下室。」我說。

「對你而言只是地下室，」經理示意摩爾多瓦女子關掉一台特別吵鬧的機器。「我在那個地下室出生，」他說。「我的母親在那棟屋子的前屋主家庭幫傭，負責烹飪、理家，我二十歲之前都和她住在那裡。」

他說，小時候不准和她一起上樓，只能孤零零坐在地下室，聽著他母親和其他人的腳步聲。他常常「從底下」看著來來往往的車輛、行人，一看就看上好幾個小時。如今那棟房子有一部分屬於他，他絕對不會放棄。

「你不能至少換個房客嗎？」我堅持。

「警方怎麼說？」洗衣店經理問。

「什麼也沒說。」我說。

「我不能毫無理由地把迪特·提貝瑞歐斯趕出去，」他說，「如果你想賣房子，我可以出個價。」

我當作沒聽到他最後一句話便離開。

如今我認爲那是人生的敗筆，我應該放棄我的公寓，現在父親就不會去坐牢，我們一家也不必因爲殺人罪行而良心不安。我們會輸掉迪特．提貝瑞歐斯這一役，而且輸得不公平，那又如何？我不相信男子漢不該接受失控挫敗的那套，但是當時我又不肯投降。有時我會納悶，我不願意有所作爲，是不是想給我們父子重歸於好的機會，藉由一樁罪行恢復父子之情。這種想法會不會太迂迴？

提貝瑞歐斯危機最白熱化的時期，我們兒子開始抽搐，那動作很奇特，他會嘟嘴、努起鼻子。起初他不常做這個動作，但是沒多久，他幾乎每二十到三十秒就做一次。我私下說這種動作是「拱豬鼻」，我們很擔心他這個習慣。當然，我們歸咎於迪特．提貝瑞歐斯，當時幾乎所有事情都是他的錯。我們問保羅是否覺得擔心，他否認。我們問他是否害怕迪特．提貝瑞歐斯，他也說不是。

事實上保羅隨和又活潑，從小就好帶。我們給他吃什麼，他都接受；在店裡要求我們買糖果，只要遭到拒絕，他立刻放棄；我們禁止他用彩色筆在牆上塗鴉，他也沒再犯過。保羅遺傳到妻子的深色頭髮和膚色，只要我對她這麼說，她就會善意地說保羅和我一樣喜歡沉思，手腕關節也和我一模一樣。我的手腕很細，所以只能戴小錶，戴不了那種大到可以掛在火車站的超大機械錶。同行有很多人喜歡戴那種錶，越蠢的越愛炫耀他們「撒了」十五萬歐元，我可無法負擔這筆費用。保羅和我、我母親一樣，有彎曲的小指。我會說保羅是個溫和的孩子，這孩子常常令我覺得窩心，因爲他會在電話中問我：「爸比，你好嗎？」

小菲也有深色頭髮，膚色卻很白。她遺傳了我的野心、慾望，希望照她的意思安排生活。她比哥哥霸道，我們要她吃什麼，她吃得不甘不願，也從不在電話上問候我，當然也許是因爲她還小。她不像她哥哥一樣思前想後，但是反應敏捷又直接，常常耍寶得令人發噱。發生提貝瑞歐斯危機時，起初我們以爲該看好她，因爲她的情緒起伏比較大，結果卻是保羅開始有了拱鼻子的怪習慣。當時他和另一個男孩處不好，對方並沒打他，但常欺負他，因此保羅不再喜歡上幼稚園，我們不知所措。

儘管地下室的住戶威脅到我們的生活，我們努力讓孩子不操心，盡量不在他們面前提起，就當世界上沒有迪特．提貝瑞歐斯這號人物。孩子繼續玩遊戲、如常過日子，我們沒發現他們有任何改變，保羅卻開始拱鼻子。我們是不是做錯什麼？是不是他們玩太久，傷到哪個器官？小孩子玩起來就不懂得要休息，即使氣溫逼近攝氏四十度，保羅和小菲依舊樂此不疲地玩著樂高積木。也許他們發現瑞貝卡和我的處境，知道他們自己面對什麼危險？是不是因爲沒有人與他們討論，以致孩子覺得孤單又焦慮？即使保羅不承認，他會拱鼻子是不是出自焦慮或恐懼？

我拚命想讓他改掉這個習慣。起初他每次皺起臉孔，我都和善地指出來，告訴他，他不必這麼做，請他停止。後來我漸漸失去耐性，嚴厲地指責他，甚至對他發脾氣。他看起來愧疚又疑惑，彷彿不知道我究竟要他怎麼做。有一次我甚至離譜到放聲大叫：「別再拱豬鼻！」結果他張大眼睛看我，不甘願地向我道歉。話一說出口，恐怕就造成傷害了。

我失控大發雷霆之後不消多時——日記告訴我是六月二十七日，我晚上下樓敲迪特・提貝瑞歐斯的門，屋裡沒有動靜。

「我想和你談談，請開門。」我說。沒聲音。

我回到家裡客廳，拿起話筒撥了他的號碼。我聽到樓下有電話聲，他終於接起電話，報出全名。

「我是藍道夫・狄芬塔勒，」又多餘地補了一句，「你的鄰居。」

「我不在乎去坐牢。」迪特・提貝瑞歐斯立刻接上。

我不理會他這個古怪反應，直接出價，我願意出五千歐元外加搬家費用，只要他在四週內離開。迪特・提貝瑞歐斯說他要考慮，便掛斷電話。

金錢是現代的萬用鑰匙，卻又叫人瞧不起，因爲太懦弱、不優雅，也缺乏勇氣。這是商人的解決方法，而他們是文明世界的中堅分子。金錢也是我這個階級的解決之道：我們有錢，我們用錢買自己想要的生活。當然，金錢不是無所不能。我不知道五千歐元的價碼是打哪兒來的靈感，不清楚自己爲何不說一萬歐元，不曉得這種事情怎麼會動用到計算能力。勉強湊一湊，也許向朋友借錢，我還付得起五萬歐元。我卻說五千歐元，這個數字一定和我的收入有關，一定是我預計解決惡行能給得起的最大金額。

那一晚，我思索著他爲何說他願意坐牢。他的話嚇到我，因爲他如此百毒不侵。我發現，我原先自以爲的優勢，正巧是我的弱點；家人、工作、優渥的生活、財富、好名聲，我可能失去這一切，他卻沒有任何損失。他住在昏暗的地下室，無親無故，領的是社會津貼，他見過地獄，住孤兒院或坐牢都一樣。他能吃苦耐勞，我則是畏畏縮縮，害怕失去。窩囊廢強大無比，因爲他輸得起。看來顯然是人生贏家的我卻不堪一擊，因爲我們擁有太多，一件都捨不得失去。社經地位高的人尤其害怕，我們害怕失去努力掙來的優勢，無論是道德觀或財富，都可能瞬間消失。我們缺乏底蘊，那是悠久家庭傳統的根基。

兩天後，門口的窗台上多了一封信。我滿懷希望地撕開，結果失望透頂：我不走，你們趕不走我。我用金錢利誘的方法不成功。

26

現在我每早醒來，都想著我得努力贏回妻子芳心，因此我開始拚命要她刮目相看。我鉅細靡遺地告訴她客戶蜂擁而來，其實也只是誇張描述案子上門的實際速度。我還拿《建築文摘》給她看，其中有篇報導稱讚了我的作品。

「我不需要對你佩服得五體投地，」瑞貝卡說，「我要你讓我過正常生活，你先前奪走我享受平凡人生的權利，先讓我感到厭煩吧，你就從這點做起。」

我很羞愧，現在才發現自己用錯方法。關鍵不在於贏回妻子的心，而是爲了妻子，我得先恢復成當年的我。掌握這個要點之後，執行起來就不難。我把自己所見、所聞、所思都告訴她，她也一樣。我們去購物時，又開始手牽手；我們時常不經意地擁抱對方，時間久到我們的手臂都起雞皮疙瘩。然而那不是慾望，而是因爲身體太不熟悉這種姿勢所致的惶恐不安。

換個角度看最有幫助，我不再看到妻子令我惱火的一面，而是著眼我欣賞的特質。我改變對自己婚姻的看法，突然發現自己娶的是完全不同的太太：不是突然發飆嚇到我，而是一年只暴走一、兩次，而且很快就能走出情緒風暴。平時溫和的她才重要，我現在才明白這個簡單的眞相：與我們朝夕相處的人並不存在，尤其對相伴已久的夫妻而言；伴侶是我們篩選記憶之後所創造出來的人物。無論瑞貝卡做了什麼或說了什麼，我都以記憶中的既定印象看待，而我的心情有可能大幅影響這些記憶。

剛開始修復關係時，我們常常在客廳共進晚餐，而不是選在餐桌邊。兩人一起下廚，或者應該說我負責剝皮，需要廚藝技巧的任務則交給瑞貝卡。接著我們回浴室更衣，瑞貝卡會換上黑洋裝、高跟鞋和誇張的手勢；我則穿上西裝、白襯衫，繫起 Tom Ford 的領帶。我們會點蠟燭、拿出瑞貝卡曾祖母的瓷器、選支西班牙上等紅酒，聊聊日常生活、孩子或是瑞貝卡是否該回去上班。音樂不會太大聲，不致打擾到我們聊天，又足以防止迪特．提貝瑞歐斯偷聽，也不會聽到他家的達斯汀．霍夫曼電影。我不多愁善感，寫下這整件事情經過時，一次也沒沉溺在感傷情緒中。然而我們夫婦共餐的晚上例外，當時我喜歡放蕭士塔高維奇的第七號交響曲〈列寧格勒〉。那首曲子在圍困城裡寫下，稍快板令人聯想到令人精神抖擻的進行曲。當時我很欣賞那種氣氛，那代表了文化抗爭。現在看來，根本是狗屁倒灶。

那些晚上，一切都很順當。我們是普通夫妻，沒多久就重燃愛火。有時瑞貝卡會像以前一樣突發奇想，有一次她說：「來，我們列出只有我們的愛才能忍受的事情。」我不確定我們已經到了那個境界，卻還是順著她。在那種階段，對方說什麼，你都得答應。

「你冬天超級不性感，因爲你的睡袍底下還穿著襪子、拖鞋。」瑞貝卡說。

「可是每到冬天，我的腳就很冰。」我抗議。

她說腳太冰也不性感。那句話傷了我，我不希望自己不性感，即使是冬天也不例外。

「請你原諒我這麼說。」瑞貝卡說。我壓下怒火，眞心原諒她，我心想：多棒的女人啊。

「換你了。」瑞貝卡等我開口。

我想了一會兒，只想到，「妳吃飯時，呼吸好大聲。」

「拜託，」她很失望，「很多人都有這個習慣，任何人的愛都能克服這一點。」

「拖鞋也不特別啊。」我說。

「拜託，」妻子說，「拜託拜託。」

我想了想，「我從後面上妳時，妳的氣味不好聞。」

我胡說，我喜歡她在床上的氣味，這麼說只是想傷她自尊。

她吞了一口口水，我心想自己做得太過分，可是她接著說：「但你還是喜歡從後面上我。」

「我還是喜歡從後面上妳。」我說。

「因爲我們的感情深厚。」她說。

「因爲我們的感情深厚。」我們輕輕乾杯。

「啊，請給我乾酪，伊凡諾夫．阿列克塞耶維奇。」瑞貝卡露出微笑，那是壽命將盡的肺結核病患特有的抑鬱笑容。

「榮幸之至，安娜．佩特洛芙娜，」我幫她切乾酪，「妳不覺得這裡乏味至極嗎？」

「是啊，」她嘆氣，「的確乏味至極，但是請你別再提人格，我不想再聽到你提到任何人格的事情。」

我明白她爲何學起這種語氣，她想回到我們當時的神話時期，那個神話可以拯救我們。

晚餐後，瑞貝卡去淋浴，她以前從不半夜洗澡。她上床時，我說：「以後不准妳再洗掉妳的香氣。」

「你說謊，」她說，「我們要和好，你就不准說謊。」

接著，我們做愛，我努力不要時時只想著自己，而是以妻子爲重。我知道這麼說似乎很乏味，沒有人想在翻雲覆雨時還想著自己該努力，我都明白。可是如果你從黑暗深淵往上爬，上坡路可不輕鬆。我們兩人都有共識，所以可以忍受。

我們的孩子——我們未受虐待的孩子——很眼紅，因爲他們不習慣看到爸比和媽咪如此相親相愛。以前他們玩耍時可以獨占我，現在瑞貝卡偶爾會加入，我幫保羅拼船、幫小菲蓋馬廏時（我們家就是這麼傳統），我倆就會一邊閒聊。

「媽咪走開。」小菲說過一次，但是我堅持要瑞貝卡留下。孩子們很快就明白，我們是四口之家。

簡而言之，表面看來，在提貝瑞歐斯危機的那幾個月，我們一家生活正常，彷彿沒發生任何事情，彷彿樓下並沒有鄰居想毀掉我們的幸福——當時我們是這麼看待他。幾週後，保羅不再拱豬鼻，我們依舊在孩子面前絕口不提迪特·提貝瑞歐斯，我猜，他們應該也覺得日子如常。

他們不知道我每晚在屋外巡邏，我也沒將想殺人的念頭告訴任何人，連妻子都不知情。如果迪特·提貝瑞歐斯出現，我就殺了他，並且對外宣稱是自衛。但是他始終沒現身，老實說，我也很慶幸；不是因爲我可能會殺了他，而是因爲我可能不會殺他，因而暴露自己的無助。

27

其實我們和孩子的互動沒那麼正常。我好一陣子之後才發現，自己已經不會在保羅和小菲面前打赤膊。我在浴室脫衣、更衣，抱他們的時候也小心不碰到我幫他們洗澡才會碰到的部位，而且當時我已經不幫他們洗澡。很糟糕，但是我無能為力，因為我若幫孩子洗澡，迪特・提貝瑞歐斯彷彿隨侍在側，監視我的一舉一動。

一天，他寄詩給我的妻子。內容直接，但也不全然空洞，甚至還有某種詩意。整體而言，詩文寫的是我妻子的尖叫聲，只是他沒明講是憤怒的吼叫或歡愉的吶喊。基本上，瑞貝卡在床上頗安靜，也許他希望她能痛快地大叫。光看詩已經夠嗆，最後他還寫到，希望親眼見證她發出最後的叫聲，然後她會「嚥下最後一口氣」，永遠沉默，他用「一切終歸成靜寂」與「嚥下最後一口氣」押韻。

「這是生命威脅。」我音調分岔地對瑞貝卡說。

她看了詩，默默坐在餐桌邊。「我覺得自己好髒，」她終於開口。「他想像自己對我做那些事情，而且在他想像中，他就在我的身邊，彷彿他就住在這裡。如今他也住進我腦中，」她說，「常駐在我的情緒裡、身體裡。」

「現在我們有他的把柄了，」我說，「他威脅要殺妳，警方總得採取行動。」

我帶著信去找柯羅格警官，她看了許久，然後搖搖頭。

「沒有律師會覺得這封信有死亡威脅，」她說，「你們的鄰居只是發揮想像力，法律不能禁止人們幻想。」

「可是這首詩寫到我妻子最後的吶喊，」我大叫。「還說嚥下最後一口氣，一切成靜寂，這就是死亡啊！」

「也可能與性愛有關。」她說。

「妳完全沒心沒肝。」我說。

「什麼？」

「我說妳沒心沒肝。妳眼前這個男人擔心自己妻子的安危，擔心自己的孩子，妳只能說這封信可能與性愛有關。」

「我只是從法律的角度發表意見。」她說。

我承認，我哭了。搖頭時，淚水滾落臉頰，我起身離開，一語不發。情急之下，我去找了我們的律師，但她也認爲那封信對我們的狀況並無裨益。我問她毀謗案件處理得如何，她要我耐心等候。於是我撤回授權，不再委託她打官司，她也不以爲意。

我打給弟弟，他隔天就趕來。就目前的狀況看來，我不能讓我的家人獨自留在公寓。當時我幾乎完全在家辦公，但是我偶爾還是得去工地，可是我不想冒任何風險。

弟弟抵達當天晚上，我們夫妻和他在餐桌邊坐了許久，我們喝酒閒聊，就是不談迪特・提貝瑞歐斯。大約午夜時，布魯諾出門，很快就帶了鐵撬折返。

「這是幹嘛？」我問。

「我們去把事情解決了，」他說，「這就是我來的任務。」

「不行，」我回答，「你來不是爲了打死迪特・提貝瑞歐斯，是來照顧我的家人。」

他說他拿鐵撬只是爲了敲開那個混帳的門，我們可以赤手空拳教訓他就好。我告訴他，我們在法律上站得住腳，我不希望犯法。

「不能保障你們的法律有什麼用？」弟弟問。

如果我當時聽弟弟的勸，今天迪特・提貝瑞歐斯就能活著。也許打他一、兩拳就能嚇唬他，逼他搬走。究竟事情會不會如我所料，我不知道，也無從得知。這種假設性問題有時會讓我痛苦不堪，如果我在某個時候採取另一個方法，情況會有什麼改變？我們永遠過著至少兩種生活，尤其是做了重大決定之後：一個是我們決定過的日子，一個是我們決定放棄的人生。我們在腦裡過著另一個人生，拿它比對現實狀況。就我而言，另一個時空的我和平趕走迪特·提貝瑞歐斯，他搬去戒備森嚴的精神病院，再也無法傷害我們。我偶爾會去找父親喝杯咖啡，因爲就算沒有那件凶案，我們父子也已經言歸於好。在那個世界，萬事美好。

弟弟將鐵撬放在桌上，坐下。那晚，我們並未怒氣沖沖地走去地下室，反而討論了許久。布魯諾很快就惹火我，他說我是懦夫，不敢奮勇出面，只能看著家人被攻擊。我說，如果像我這樣的人都得訴諸武力，乾脆摒棄文明。

「你不必講得這麼誇張，」弟弟說，「就往他臉上揮拳，人類文明不會就此消失。」

我們越吵越凶，新仇舊恨都一股腦兒被挖出來，但是最令我氣不過的是妻子沒有意見，也沒袒護我。最後我逼弟弟答應絕對不能獨自輕舉妄動，不可以動樓下鄰居一根寒毛。他心不甘情不願地答應了。

我好幾個小時都睡不著，當時常失眠，我常做惡夢驚醒。夢裡的我牽涉到某場大戰，文明世界必須以開化的手段對抗野蠻暴虐，我的責任就是戰勝敵方，自己又不成爲野蠻人。

隔天，警察又上門。因爲迪特·提貝瑞歐斯報警，指稱弟弟和我妻子一起性虐待我們的孩子。萊丁爾巡佐和他的同事雷薛夫特一起來，簡短問過我們之後就離開。我要弟弟千萬別拿鐵撬輕舉妄動，他答應了。隨後輕蔑地瞄我一眼，便回到保羅的房間。

一般人可能難以想像警察上門所致的心情，也許警察一來再來，簡直令人發噱，但是我們無法抱持這種心情。警察每來一次，我們都覺得受到侮辱、遭人抹黑、蒙受不白之冤。彷彿我們被起訴，卻沒送審。我們沒犯任何罪行，也不覺得自己無辜，因爲法律並未判我們無罪，我們的名聲依舊岌岌可危。我們屢屢告訴自己清白無罪都不夠，我們再也不是毫無虐童嫌疑的人。

28

最近天氣溫暖，約莫攝氏三十度。儘管我們心情抑鬱，蔚藍晴空依舊兀自燦爛。一天，我坐在院子做模型，孩子正在跳跳床上玩。一切順當，我卻像是值班警衛般提高警覺。跳跳床在圍籬後方，只有孩子笑著彈高又落下時，我才能看到他們的腦袋。我想像沒有他們的世界，想像迪特．提貝瑞歐斯抓走他們，我心想自己該怎麼度過餘生。

我想的不是這種狀況有多恐怖，而是我能找到哪些慰藉。群山錦繡不變，大海壯麗依舊。我的工作還在，瑞貝卡仍然常相左右。但是她還會是我認識的瑞貝卡嗎？

保羅跳起來，小菲跳起來，我向他們揮手。

保羅出生那天是仲夏，窗子都開著。我的第一個念頭是這個人的性命比我重要，如果可以救他，我絕對不惜犧牲自己。我先前寫過，我不是多愁善感的人，這是實話，但那是我罕見的激動時刻。他從妻子的子宮溜出來之後，我自然而然就有這個念頭。小菲出生時，我也有同樣的想法，但這次是逼自己要有這個體認，因爲我對他們的愛必須相同。事實上，我對他們一視同仁，至今亦然：我願意爲孩子犧牲，也希望，每個父親都願意。

我正在摺某個牆角，塗上黏膠，突然想到我已經有一會兒沒看到孩子。我豎起耳朵聽他們的笑聲，卻什麼也沒聽到。我告訴自己，不要急，不要神經緊張，可是我還是慌了。我起身探頭看，保羅和小菲躺在跳跳床上，瞇著眼睛，默默地看著太陽。我躺到他們身邊，閉起眼睛，我們在那裡躺了一會兒，一句話也沒說。當我張開眼睛，我看到迪特．提貝瑞歐斯站在圍籬另一端，右手抓著刀子。

我跳起來，花了一番功夫才從安全網下爬出去，然後我拔腿狂奔，瞥見迪特．提貝瑞歐斯走進地下室。站在大門外時，我想起剛剛不只看到刀子，還看到一顆蘋果。他右手拿著刀子，左手拿著蘋果。我沒走到地下室，沒用力敲他的門，只坐回院子桌邊，繼續做模型。小菲來問我爲什麼跑走。

「我要嚇跑狐狸。」我說。

「才怪，」小菲說，「這裡沒有狐狸。」

「妳說對了，我說錯，是公牛。」

她懷疑地打量我。「眞的嗎？」她問。

「也可能是獨角獸。」我說。

小菲：「可是公牛比獨角獸大。」

「牛寶寶就沒有。」

小菲：「牛寶寶有那麼小嗎？」

我：「絕對比貓咪小。」

小菲：「你什麼時候看過牛寶寶？」

「妳出生的時候，妳的嬰兒床旁邊就有一頭。」

「才怪。」

我們來來回回了好幾次，小菲終於回去玩跳跳床，我的思緒又回到凸窗的形狀上。辯贏自己的孩子之後，你不會覺得特別自在。

剛剛迪特·提貝瑞歐斯想做什麼？他一定知道我妻子不在家，他總是盯著大門。難道他以爲只有保羅和小菲獨自在跳跳床上？我們一開始就懷疑他的對象可能是孩子，儘管他所做所爲都衝著瑞貝卡。我們之所以有這種印象，是因爲他描述我們對孩子做的那些事情，只有戀童癖的人才想像得到。所以我們格外多疑，只能想到最糟的可能性。我們就在那個最糟的世界，過著最糟的日子。

29

我承認——這對我而言格外痛苦，我的確納悶妻子是否可能虐待我們的孩子。我一有這個念頭就甩開，不能讓迪特・提貝瑞歐斯的變態猜忌影響我，結果還是忍不住。我推開這個念頭幾次，但是無論如何都無法壓抑，只好從頭到尾仔細想一遍。我徹底審視所有記憶，努力回想浴缸裡的畫面——瑞貝卡幫保羅或小菲洗澡——總是徒勞無功，完全無法證實我的懷疑。不論多拚命，在迪特・提貝瑞歐斯尚未嚇到我們之前，我只能想起普通家庭的普通接觸。

我當然知道，世界不只是我們所見所聞。當我們轉身走遠時，背後遠方的世界有可能截然不同，所以我們的人生才如此不穩當。我們不在場時，各種事情都有可能發生，各種形式的背叛、醜事、罪行——甚至，該死，虐童事件——都不無可能。我納悶自己不在家時，妻子究竟做了什麼，無可忍受的畫面一一出現。那些畫面逼得我希望迪特・提貝瑞歐斯去死——沒錯，就是這樣，我說出口了。

我常把法治掛在嘴邊，這的確不是空談，但我偶爾也希望迪特・提貝瑞歐斯死了算了，也許在他提著塑膠袋過馬路時被卡車撞死。我腦中會有那些畫面都怪他，他茶毒了我的念頭。我知道，我應該明白那些都只是荒謬的想像，妻子做不出那些事情。我也知道迪特・提貝瑞歐斯對我的控訴毫無根據，這個信念同樣也適用於瑞貝卡。但是我百分之百確定嗎？這麼說吧：我逼我自己相信。

這段恐怖時期進入尾聲時，我受邀去新居落成派對演講。我不愛做這些事情，但勉強應付得來。我會寫下演講內容，爲自己打氣舒緩緊張情緒，通常就能順利過關。接著就是熱烈掌聲，客戶竭誠道謝。我會穿優雅的西裝、白襯衫、打領帶參加這類場合。人們喜歡慶祝熱鬧，我也一樣。這次我卻比往常更激動，幫自己打氣後，加快的心跳依舊沒放慢速度。我站著，看到育有三名子女的年輕夫妻屋主仰著臉看我，看到鋪屋頂、地毯的工人以及水電工滿心期盼地盯著我看——我覺得他們一個個都很貪心，貪求我要說的話——可是我的聲帶、喉嚨逐漸縮緊，最後我一個字也擠不出來。

我掙扎著想說話，卻沒辦法，所有話都卡在我的喉嚨。屋頂工人和水電工開始狐疑，納悶站在地毯工人特製講台上的男子爲何表情怪異又遲遲不開口。攫取我的恐懼清晰可見，我受不了，我必須離開，離開那些抬頭看的臉龐，於是我走了。我沒拔腿跑開，我用盡所有力氣控制步調，保留最後一絲尊嚴。我走過帶著三個孩子的年輕夫妻，走過屋頂工人、水電工人、地毯工人。這會兒他們更是目不轉睛地看著我，但是沒有人說話，最後，我終於上車開走。

隔天我預計和幾個建築包商開會，但是會議前十五分鐘，我恐慌到取消行程，開車回家。那時我才告訴瑞貝卡，我們花了好長一段時間思索可能的理由，只想得到迪特·提貝瑞歐斯。無論他的指控有多離譜，那些胡言亂語導致我覺得羞愧，害怕別人都當我是虐童犯。

瑞貝卡安慰我，幫我重拾自信，泡茶給我喝，用迷人的精油幫我擦澡，基本上就是當個細心呵護丈夫的好老婆。只是情況並未改善，我無法一次對三個以上的人發言。我的行徑妨害工作，至少我當時是這麼想。建築師不必在公眾面前演說，但是偶爾得高談闊論，也得和工頭、客戶協商、據理力爭，然而我都做不到了。如果我先前說自己「無能」，那只是謙虛，畢竟我們知識分子是主張法治的民主社會的眞正能人。然而現在我眞心覺得自己無能，只能任迪特·提貝瑞歐斯擺布。

我去看了兩次心理醫生，他發現我父親很有意思，總想要我談談他，因爲照他的說法，我們必須「追根究柢」。但我並不覺得往這方向探索會有任何收穫。他說我不該再「千方百計」認爲自己有個正常童年，我也不把他這番話放在心上。我想辦法請他開鎭定劑，之後沒再回去過。鎮定劑很有幫助，但是這些藥會上癮，所以我只偶爾服用。幾週後，我就發現我不需要了。開會前，我可能略感不安，但是可以撐完全場，又不引人側目。

那時我才了解父親的恐懼。我依舊不知道他憂心的理由，卻明白恐懼如何運作。它們突然現身，表面看來似乎毫無來由，像黑色斗篷般罩住你整個心房，吶喊著：「跑啊！」你在心裡成了渾身發顫的小動物，你是嗅到野狼又看不到牠們的小鹿。你魂不守舍，即使坐著、站著，魂魄已經不在原地，早已脫離軀殼，魂飛魄散。這種無可忍受的緊張狀態會撕裂你，你還會覺得羞愧、無地自容，因爲你竟然是他媽的無可救藥的小鹿。

我明白父親無法忍受這種恐懼，槍械就是他的保護工具。因爲心魔的侵擾，唯有說服自己怕的是外在的威脅，父親才覺得安全。槍可以保護他阻止報章新聞上的犯人，可以給他安全感。我一定要問他究竟怕什麼，就等他出獄——只要走運，應該快了。也許他的恐懼來自大戰時期，雖然他的故事向來沒有母親的遭遇可怕。也許他的恐懼來自他的父親，要找心魔，往父親身上探究準沒錯。

當時我才在電話中告訴母親我們碰上的麻煩，先前不想讓她擔心，只把迪特・提貝瑞歐斯描述成討厭的小丑，不成威脅。如今我說得更明白，告訴她窗台上那些信。這時他已經寫了三首關於瑞貝卡的詩，全都與性愛和死亡有關。

我先前說過，我們的家庭作息照舊。我們去史普雷河森林，那是我最喜歡的地方：當地有狹窄的溪流，四周是高大的白楊木；枝葉扶疏，形成一座宏偉的天然教堂。我們租了兩艘獨木舟，划過蓊鬱林木間的綿密水道。小菲和我同船，保羅和瑞貝卡一艘。船槳濺起水花，我說著施寇夫巡佐的故事，這個洛城警局的警探是我編給孩子聽的故事主人翁。我們可能偷偷摸摸地觀察水獺，孩子們看到一隻就很興奮。我們任由他們在水上樂園玩耍，我們躺在草地上緊抱著對方，幾乎要翻雲覆雨，但又打住。如同某個美國朋友所說，我們太「正經八百」。瑞貝卡和我互相訴說我們最想對彼此做的事情，孩子們時不時跑過來，在我們的脖子上澆冰水。

回程路上，保羅和小菲在後座睡著時，瑞貝卡說她最希望迪特·提貝瑞歐斯消失，但是這個念頭有時會嚇壞她。

「因爲妳擔心我又會縮回自己的殼？」我問。

「對，一旦危險解除了，你也許又會消失。」

我再三保證，但是我了解自己，知道我的承諾有多不可靠。我也發現，我們夫妻感情融洽是拜迪特·提貝瑞歐斯所賜，所以這一點與他密不可分？迪特·提貝瑞歐斯帶來這麼多麻煩已經夠糟糕，我們的婚姻恢復幸福、家庭生活快樂還得歸功於他，更是教人情何以堪。難道壞事會帶來好處？因為壞事才成立的好事又有什麼價值呢？如果壞事消失了，這種好處是否會煙消雲散？我也無心探究答案。

一晚，弟弟出去，瑞貝卡和我坐在客廳享受我們所謂的「隆重晚宴」——美食佳餚、錦衣華服、蕭士塔高維奇的交響樂、促膝長談。吃完主菜之後，她說：「我有件事一定要問你，但是你不能生我的氣。」

「沒問題，妳儘管問。」我不疑有他。

「上次我們去梅諾卡島度假，」瑞貝卡說，「你為什麼和小菲裸身躺在沙發上？」

我馬上就知道她提的是哪件事。那天我們在海灘上玩了一天，和孩子一起戲水、游泳、蓋沙堡、玩飛盤，書頁之間都是沙，報紙被風吹得皺巴巴，我們塗了防曬乳液，依偎在海灘毯上，再去戲水。天氣變涼，我帶小菲回屋裡，她玩了一整天早已筋疲力盡，還開始發抖。

「把濕衣服脫下來。」瑞貝卡在後面大叫，我們照辦了。當時小菲已經抖得很厲害，我們迅速鑽進沙發上的毯子裡。小菲馬上就睡著，不一會兒，我也開始打盹。保羅拉開毯子，我們才醒來。

「我叫你們脫掉濕衣服，」瑞貝卡說，「免得感冒。後來看到你們兩個脫光光躺在沙發上，我有點不自在。」

「小菲喊冷，」我說，「我要她鑽進毯子裡取暖。」我的語氣就像主張無辜的被告。我告訴妻子，我不是他媽的變態。這下可好，我不喜歡她了，因爲她懷疑我也懷疑她做過的事情。

雖然我懷疑過妻子，怪的是我一次也沒想過瑞貝卡可能也有同樣想法。我覺得很痛苦，她的猜忌令我傷心，妻子竟然想像我對孩子做出下流舉動。

「請原諒我，」瑞貝卡說，「我信任你，我只想和你談談這件事。」

「我也信任妳。」這原本應該是眞情流露的美好時刻，兩人彼此吐露眞心話，但是我們被迫說出自己信任對方，根本就沒有這個必要性，根本就不該說「我信任你不會猥褻我們的孩子」。兩個確定沒虐待孩童的夫妻肩並肩坐著，心情極端鬱悶。

弟弟回家時，我們還坐在客廳。我不確定當時是否正在聊天，我們夫妻心事重重，深思著提貝瑞歐斯主宰的人生。布魯諾想炒熱氣氛卻不成功，就寢前，我們三人都沉默不語。

30

不消多時，我們又收到迪特．提貝瑞歐斯另一封信，指控我們偷了他的單車。這個控訴太可笑——我們都騎 Bianchi 腳踏車，因爲我喜歡那個品牌特有的藍綠色；他騎的是嘰嘎作響的生鏽淑女車——但是背後的深奧涵義卻令我不安。我進一步看到他有多瘋狂，而且沒有下限。每次有人按門鈴，我腦中就會警訊大響：是他嗎？我先趕孩子進房間才敢開門，肌肉不自覺緊繃，彷彿要上場打拳，之後就覺得如釋重負又難爲情，因爲來人只是快遞，不過是遞電子筆請我簽收包裹。

迪特．提貝瑞歐斯又寄信撤回所有控訴——偷單車和虐童——並道歉。我們並未大肆慶祝，因爲心裡還是很懷疑，只是長久以來，頭一次覺得看到希望。隔天收到另一封信，他不要撤回任何指控：一切都是事實，還寫道，情況越來越嚴重。警方來了又離開。

我們找了新律師，這名年紀較大、經驗老道的律師是由朋友推薦。他富有同情心，令人沮喪的事情由他說來都沒那麼負面。他說，我們最好別對毀謗官司抱太大希望，他絕對可以說服法官裁定迪特．提貝瑞歐斯嚴重中傷我們，但是頂多也只是易科罰鍰，根本無法打擊他，因爲他也不會有錢支付。他只要做做社區服務代替，依舊可以住在原來的公寓。我們對法律的最後一點信心也因此消失殆盡，從此以後，我常和母親長時間通電話。

「聽著，」弟弟某天對我說，「如果你不想自己動手把那傢伙從地洞燻出來，就交給別人動手。不要再當個娘娘腔，忍受這些狗屁倒灶的事情。」

他有人脈可以幫忙，是他的客戶。他說，他們會教訓那個怪胎，沒有人能證明我們是幕後主腦。如果「那個雜種」被「修理」過後還不肯走，他會非常意外；到時「再教訓一次」就能搞定。

我考慮了一陣子。某個喬治亞共和國的客戶耳聞我碰上這件事，建議找他的「車臣朋友」處理，此後我就戲稱這是「車臣手法」。當然，我沒接受他的建議，但是「車臣手法」偶爾會浮現，我便會覺得安慰，在想像中報了仇。

弟弟說這番話時，我已經心神耗弱到無法斷然拒絕。起初我說不行，接著又放任自己和他討論，最後決定先去見見那些人。布魯諾撥了幾通電話，敲定當晚去找一個自稱米克爾的人。

我們開車到柏林東北部。弟弟負責指路，我們抵達指定酒吧，外面停了許多摩托車，多半都是重機和超長前叉的美式機車。其中有兩部是出自布魯諾，彩繪圖案是奇幻世界的女人和戰士。

「有沒有以我爲榮？」我們站在那些機車前，布魯諾問我。

「有，」我說，「我以你爲榮。」

酒吧的名字是「條子」。室內煙霧瀰漫又陰暗，我們走到後方，自稱米克爾的男人就坐在牆邊。店裡座無虛席，有些顧客對標靶射飛鏢。米克爾年約六十、瘦削，尖鼻薄唇、白睫毛。雖然腦門光禿禿，周圍卻蓄著一圈長長的白髮。他穿厚重的無袖背心，就像搖滾明星穿的款式。「條子」裡幾乎所有人都穿這種衣服，少數女性也不例外。店內喇叭大聲播放搖滾歌曲，雖然我們還沒點酒，已經有人送上啤酒。

「你有麻煩，」米克爾操著柏林口音，「說來聽聽。」

我鉅細靡遺並誇張地描述迪特．提貝瑞歐斯，等我說完，米克爾只簡短地表示：「那要一千歐元，兩百元費用另計。」

「但是我不希望他受傷。」我說。

「那你得付一千五百歐元，」米克爾說，「外加三百歐元的開銷，因爲要買毛巾。」

「為何要買毛巾？」我看到弟弟翻白眼。

「綁住他們的拳頭。」米克爾說。

我問起目標不受傷為何比鼻青臉腫還貴，米克爾仔細解釋揍人又不打傷對方有多複雜。

一名女子走到桌邊，她穿著短裙、低胸上衣、紅鞋子。她放下一疊鈔票，米克爾用口水沾濕手指，開始數。我也跟著數，大概九百歐元左右。米克爾點頭，女子離開。

「我哥哥希望保留文明習氣。」布魯諾說。

「所以我們要幫他？」米克爾問。

我很不高興。本來一切都很順利，布魯諾何必現在讓我難看？

「我們可以想辦法恪守『日內瓦公約』。」米克爾說。

我還詫異他竟然聽過「日內瓦公約」時，弟弟說：「帶國際紅十字委員會和幾個醫護人員一起去，一定不會錯。」

「那就得花更多錢了。」米克爾說，布魯諾大笑。

「你眞混帳。」我對他發火。

「你看不出你把自己搞得多笨嗎？」他湊上來對我咆哮。「既然你不想當男子漢，也不要阻止別人發揮男子氣概。」

31

大學畢業剛回柏林時，我去一位知名建築師的事務所上班。三年後，我開始獨立接案，在幾個不錯的地段都租過房子，做了幾筆投資，突然發現自己積欠許多債務。我的專長是小家庭住家，先從改建做起，後來才接到越來越多設計案。當年創造新世界的夢想已經灰飛煙滅，但是人都會老，有能力幫客戶蓋房子，我已經心滿意足。我從事的這行，最能感受到屋主的快樂心情。他們爲自己建立起終生家園是多麼興高采烈，儘管後來的發展往往不如預期。有時我會爲新客戶改造自己一手設計的房屋，因爲原屋主已經分道揚鑣。

我在工作上游刃有餘，也贏過幾次獎項。我最愛的作品？就是位於達勒姆（Dahlem）的矩形玻璃屋，上下共兩層。屋頂有一片圍籬由水平板子構成，每片間隔三公分。看得到的下側都塗上不同色彩，玻璃屋看起來不會太刺眼，反而色彩鮮豔又活潑，而且根據視角和太陽位置，屋子會反映出不同顏色。這就是《建築文摘》盛讚的作品。

瑞貝卡畢業後擔任教授研究助理，他們研究的主題就是人類基因體。研究目標是解開基因藍圖的密碼，也爲了致富、出名。他們希望基因研究會有重大發現，繼而研發出新藥品。瑞貝卡的教授要爲二十一號染色體進行基因體定序，這項研究格外有利可圖。瑞貝卡表現傑出，又努力工作，我也是。因爲我們都很重視對方，不致漸行漸遠。

但是到了一九九八年，情況急轉直下。當時克雷格．凡特[31]引發軒然大波。有人記得克雷格．凡特嗎？他就是創立賽雷拉基因組公司的美國人，當時他只專注於某些可能獲利的片段——因此也包括二十一號染色體——用特殊方法迅速解讀人類基因圖譜。當時學界開始互相競爭，比誰先出名、先註冊專利。瑞貝卡連週末都得上班，放假時已經氣力耗盡，懶得與人互動。沒多久，我們就碰上第一次危機。

有時我們也會爭論，因爲我拒絕相信人類由基因主宰。我相信人類有獨立自主意識，每個決定都出自我們的判斷。這種說法可能太過天眞，我知道有些人沒有隨心所欲的自由。總之，我的看法摘要如下：**我們有選擇**。當然，瑞貝卡持相反意見，她認爲，基因是主要驅動

31 Craig Venter，美國生物學家暨企業家，解讀出人類基因圖譜，並於一九九八年創立 Celera Genomics 公司。

力，可以大幅影響我們的人生。

「看看我們三姊弟，」某次我說，「我們由同樣的基因構成，卻截然不同。」

「你有沒有想過，」她問，「你是建築師，你弟弟彩繪摩托車，姊姊學服裝設計。你們三人都喜歡畫畫，哪裡截然不同了？」

「可是我們爸媽都不畫畫啊。」我堅持己見。

「你瞎嘍，」瑞貝卡說，「誰比你媽媽更擅長幫孩子織毛衣？我看過家庭相簿所有照片，」她繼續說，「她非常有天分，熱切地透過花色和圖案表達想法，用設計展現母愛。」

「但是我沒有任何我父親的遺傳。」我說，彈回來的卻是我常聽到的答案。

「那是因爲你不願意從你父親那裡遺傳到任何特質，總之是好基因，」瑞貝卡說，「那些基因會教你如何享受長久的婚姻生活，如何在辛苦的環境下也能養大孩子——」

「我也會讓孩子三餐無虞。」我打斷瑞貝卡——結果證明這根本是不智之舉。

「沒錯，」她一拍都沒落掉，「這都寫在你的基因中，即使你還沒有孩子也一樣。」

我再次被打敗，而且很惱火，也不肯放棄。通常討論到最後，我們都同意人生就像希臘悲劇：衆神引導人類，最後還是得靠人類自己判斷、決定。

「所以他們的確有選擇。」我總是不由自主說這句話。

「他們選擇上帝要他們選的路。」瑞貝卡會這麼回答我。我懷疑她這句話不是信口開河，只是拐個彎告訴我，她從頭到尾都沒說錯——可是我始終沒看出她這個彎究竟怎麼拐。

在定序競爭最激烈時，瑞貝卡懷孕了。我們向來沒用保險套，我有我小心的方法，她也會注意，問題是這次我們其中一人，或是兩人都疏忽了。她認定該墮胎，我則沒那麼篤定。我們促膝長談，討論以後的日子如果多一個孩子會是什麼模樣。在我看來，很美好，在她眼裡，糟透了。因爲她無法專職工作，而她的研究正進入精采階段。但是她畢竟忍不下心拿掉孩子，因此我們生下保羅。他出生六週後，他的母親又回去研究基因。

我們安排了複雜的擠奶、育嬰流程，執行起來並不順利。瑞貝卡的教授希望能流芳百世，他很不滿意瑞貝卡，因爲她無法「全心」奉獻給工作。瑞貝卡很不開心，因爲她上班就想孩子，照顧寶寶時又想著工作。也許她希望我能減少工作量，她才能更專心研究，因爲她只信任我照顧寶寶。但是當時我的收入已經很優渥，而她在世俗的標準中，薪水並不高。所以這個問題就此定案，我們幾番討論之後，她也有同感。半年後，她投降，請了育嬰假，再也沒回去上班。

很悲慘嗎？我們請朋友來家裡吃飯，有些職業婦女認爲自己做對選擇，對她表達同情，她總是暴跳如雷。她們曾經激烈地吵過幾次，女人針鋒相對，男人越來越沉默。我知道瑞貝卡很氣自己錯失良機，無法在事業上大展拳腳。我總安慰她，推崇她盡心照顧孩子最值得表揚。然而我明白，能在事業上一展長才的男人當然可以說大話。最近，瑞貝卡常提到想重拾工作。

我們透過孩子，再度從頭認識對方，因爲孩子改變所有事情，尤其是他們的父母。保羅剛出生的頭幾個月，我們很快就知道誰有力氣連續三晚照顧生病的寶寶，誰又辦不到（我不行，瑞貝卡可以。）早期那幾年，我們吵過許多次，已經不知道彼此是搭檔，抑或已經成了對手。我們最談不攏的就是時間分配問題：誰可以把放聲大哭的寶寶交給對方，出門喝杯紅酒？誰可以約同學去巴塞隆納過週末？

此時我們已經清楚知道，夜裡不再渴求對方的心情，因爲寶寶一整天被你抱在懷裡，放在肚子上、胸口，更多肌膚之親只會逼瘋人。也許那就是我們感情變淡的另一個理由，只是我不斷抗拒這種想法，因爲孩子是我們最棒的禮物，既然這麼好，怎麼可能有負面影響？話又說回來，如果惡行可以帶來好事，幸福也可能衍生壞事。活著，就得忍受這些矛盾。

孩子們還在襁褓中時，我和父母越來越親密，尤其是母親，她是個了不起的奶奶。父親表現得也不差，有時我會覺得不是滋味，也不願意認爲這是嫉妒作祟。既然可以用截然不同的角度描述另一半，也許同理也適用於我們的父母。

姊姊過世半年後，有一次母親打給我。我清楚記得當天是週二，手機響起時，我正在工地和地磚工人爭論。接通之後聽到母親激動地說我父親去找婦科醫生，我立刻瞭然於心。自從那個醫生沒及早發現蔻娜莉亞的乳癌，他就成了我們全家的公敵。

「櫃檯小姐打給我。」母親說。

我丟下爭論不休的地磚工人，衝上車子狂飆，我知道診所地點。儘管平時奉公守法，連隨便穿越馬路都不肯，這時只要交通號誌或路標阻擋我前進，我一律視而不見。我向來認爲父親有可能大開殺戒，每當新聞播報殺人狂新聞，我都屏息聆聽，確定歹徒不是他才如釋重負。這太過神經兮兮，我知道，如果你體驗過我的童年，就知道這是必然結果。我已經可以想像婦科診間屍橫遍野、血流成河。我並排停車，三步併作兩步地奔上階梯，祈禱我不會在最後一秒聽到槍聲，儘管我多年前就沒有祈禱習慣了。

「我父親呢？」我對櫃檯小姐大叫，她指指候診室。我看到他了，他雙手抱胸坐著。左邊有個孕婦，右邊的太太正在哺乳，角落有個孩子忙著玩木頭積木。候診室大約坐了三分之二滿，有十幾位女性。父親沒看到我，或者應該說他視而不見，只是愣愣地看著前方。我碰他肩膀時，稍微嚇到他，但還不到他會拔槍的地步。

「是我。」

「藍道夫。」他說。

「我們回家吧。」我攙起他的右臂，假裝扶他起身，其實是爲了預防他拔槍，因爲他絕對帶在身上。他緩緩站起來，彷彿年紀更大的老翁。我帶父親踩著碎步出去，所有婦人都看著我們。

他走到樓梯時開始哭泣。我從未看過父親哭，也不知所措。接著他抱住我的脖子，那也是前所未見，他貼著我嚎啕大哭，我可以感覺到他的熱淚。老實說，我徬徨無助，情緒激動。我想甩開他跑掉，可是我是他的兒子，不能棄他不顧。

他腋下的槍也貼著我。

「槍給我。」我說，雖然已經沒有必要，他現在不可能殺人。但這是我脫離窘境的方法，他就不會再抱著我。父親聽話地退後半步，摸索一陣之後把槍遞給我。我聽到有人走到門邊，急忙把槍塞到腰帶下，用外套蓋住。我攙著父親下樓，他依舊啜泣不止，有個女人狐疑地看了我們一眼。槍緊貼著我的尾骨。

我們上了車，我送父親回家之後又趕往工地。我不得不承認，當時心情頗激動。如果父親想殺婦科醫生，甚至考慮去他的診所大屠殺，他肯定非常疼愛女兒。她還在世時，我們都看不清這一點。那隱而不言的愛。

這件事象徵父親對我們兄弟有什麼感情呢？他也愛我們？我擔心自己心情起伏過大，不肯繼續想下去。我清楚意識到，如果父親任何一個孩子發生不測，他什麼都做得出來。如今我清楚知道父親愛我，而且始終愛著我。那個世代的男人表現父愛的方式不同於我們這一代，他們絕對不輕易表露。

我與保羅和小菲互動的方式就截然不同。多年來，我自以為擺脫父親的影響。我對車子沒有太大興趣，不是業務，不在福特公司上班，人生與父親大相逕庭，我向來以為那是我的優勢。聰敏如瑞貝卡都無可避免地追隨母親腳步，踏上醫學之路。對我而言，未來無限寬廣。我不必繼承父親志業，因為我拒絕接受。我自以為無拘無束，多傻啊。我們逃不開父母的影響，不是照做，就是背道而馳。即使對待自己的子女，我依舊逃不開父親的手掌心，我之所以採取某種教養方式，就是因為要和他唱反調。父母對我們的影響最深遠，沒有人比得上，我們也無法擺脫，我經過這麼多年才明白。我們請朋友來家裡作客，舉凡談到父母，所有人的情緒最激動。有時甚至可以讓五十歲的成年人瞬間回到四十五年前，因為當初所受的傷害放聲大哭，希望聽到當時沒聽到的話，期盼——而且是熱切渴望——馬上奔回媽媽或爸爸的懷裡，一刻也不能等。

32

我後來又在院子裡看到迪特・提貝瑞歐斯兩、三次。他會保持距離，站在門邊；或是看到我從涼椅起身，便立刻躲回屋裡。我再也沒看到他拿刀或蘋果，「閃開！」我會對他大叫。他說他也有權利站在那裡，從法律觀點看來，他說得對。從此以後，只要我無法忍受他的身影，便會不時站起來。孩子們依舊開心地玩跳跳床，毫無所覺。

我對某個朋友說到刀子事件，但是省略蘋果沒說。隱瞞這個細節很荒謬，但是我漸漸發現，其他人並不覺得我們碰上的麻煩有多離譜，因爲並沒有任何戲劇化的發展。他們不知道我們心裡的恐懼，不明白我們有多害怕自己的念頭。所以我才故意不提蘋果，別人才能明白我們的處境。結果朋友以爲我們處境險惡，建議我們立刻搬家。而且他無法相信法律竟然置若罔聞，畢竟對方都拿刀子衝過來了。

「他沒衝過來啦。」我發現自己做錯了，我們處境之所以驚險，就是因爲對方恫嚇的方式一點兒也不戲劇化。我不再向朋友轉述迪特．提貝瑞歐斯的事，即使他們問起，我也是三言兩語含糊帶過，「沒有新進展。」

八月時，我們又去梅諾卡島度假三週。起初大家都玩得很盡興，我們不曾受虐的孩子很開心——但是他們在家也很快樂，結果某件事情導致我們夫妻心情低落。某天傍晚，我們從海邊步行回小屋。一家人披著毛巾、提著空野餐籃、拿著充氣臂圈等等，走過每天都會經過的矮石牆。石牆低處有個洞，孩子們停下來東看西瞧。怎麼會有這個洞？

「給小動物用吧，」小菲說，我們也覺得有道理。我們你一言我一語地猜測哪些動物可以通過：貓咪、狗狗、狐狸——如果梅諾卡有狐狸——貂等等。

「鱷魚。」我說。

「這裡沒有鱷魚。」保羅說，彷彿學問多淵博。

「但是有小綿羊。」小菲大叫。

保羅接著說：「反正提貝瑞歐斯塞不進去。」

我們很震驚，當時度假已經第三週，我們幾乎沒提過迪特．提貝瑞歐斯，更不可能在孩子面前提起他。保羅怎麼會想到他？我兒子的腦袋瓜都想些什麼？

「對，」我迅速接話，「他太胖了。」

「他很胖。」保羅說。

「非常胖。」小菲接上。

「總之他不在這裡。」瑞貝卡說，我聽出她的聲音有一絲顫抖。我們又說起動物：鼴鼠、老鼠等等。

晚上孩子上床之後，我們夫妻坐在陽台喝紅酒，說到是否該在孩子面前避談迪特·提貝瑞歐斯。我覺得我們的策略失敗了，保羅的話清楚說出孩子們沒忘記潛藏的威脅，危險依舊蟄伏在他們心裡，偶爾還會竄出來。

「我們應該去找兒童心理醫生，」我說，「他們比較會應付迪特·提貝瑞歐斯這種人。」

晚上屋外有鳥啼，叫聲令人光火，周而復始，不斷重複。後來聽到鄰居用湯勺敲鍋子，想趕走那隻鳥，但是鳥兒一點也不怕。我們久久都沒說話，我任憑自己沉浸在迪特·提貝瑞歐斯抓走孩子的恐怖世界，想像他們被綁架、囚禁、虐待。這些念頭之間還穿插著開心的畫面，例如小菲抱著絨毛玩具、保羅在地上玩火車組。我看到他們困在地下室，回想當年無憂無慮的快樂時光。那晚我們久久無法成眠，我聽到瑞貝卡翻來覆去，聽到鳥兒叫個不停。

我們回家時，窗台上有封信。我沒仔細讀，只大略瀏覽，看看迪特·提貝瑞歐斯這次又想到什麼主題。之後我就帶著信去找律師，即使不抱希望，也已經養成習慣。毀謗官司的開庭日依舊遙遙無期，但是那件事情似乎已經與我無關。我打給母親，告訴她保羅在梅諾卡說的話，描述我們的情況有多糟糕。這件事情是我們母子關係的轉捩點。以前我的任務是說些快樂的事情給母親聽，她的女兒過世，小兒子的生活方式令她震驚，她根本無法想像他過得快樂，儘管他眞的挺開心。但是我的人生符合她對成功的定義：家庭穩定、生活富裕、有一定的社經地位。

「至少你快樂吧？」她哀悼蔻娜莉亞的早逝，假設布魯諾意志消沉之後，有時會這麼問我。以前我總是告訴她：「媽，我很快樂。」接著就描述起我的成功人生，其實當時我的婚姻根本一敗塗地。我供應快樂故事，絕對不能不顧後果、實話實說。

現在我對母親說起「提貝瑞歐斯世界」的悲慘故事。我不記得這是經過精心策畫，事情就這麼發生了。我開始打電話回家報告，後來才漸漸發現我是有所希冀。如今回想，當時某個策略也許已經在潛意識逐漸成形。潛意識就像一口深不見底的水井，不流動的死水邊有一群蟾蜍守著我們不該有的念頭。有時蟾蜍會讓這些想法浮上水面，冒出泡泡，日益發酵，最後化爲實際行動。也許這就是我的狀況。我明知母親一定會把我的事情轉告給父親，我知道父親會有多生氣，因爲我看過他去婦科診所。也許我內心深處抱著一絲希望，期盼他不會忍耐太久，然而我不認爲這是我蓄意安排。

某天早上，迪特．提貝瑞歐斯打我的手機。我們還和平相處時，他曾經因為公寓某樣東西壞了而向我請教。

「你還願意和我說話嗎？」他突然問。

「願意。」我有所警覺，暗自希望整件事有解套方法。

「你認為，」迪特．提貝瑞歐斯問，「我看到或聽到的事情都沒發生過嗎？」

因為劈頭聽到這句話太失望，我的回覆挺荒謬：「這件事上法庭再討論。」

他沉默許久，接著說：「你上次到我家門口，說我需要幫忙，因為我病了。但是我不確定。」

「我確定你病了，需要專人協助。」我說。

「你確信，」他說下去，「我說的話沒有一丁點眞實性？」

這個問題只有一個答案：「對，一點兒也沒有。」

他又不語。

「你需要專業輔導。」這次我的口氣較緩和。

「有時我不太確定，」他說，「也許我眞的病了。我也想看醫生，但我老覺得害怕。」

我承諾幫他找醫生，我們便掛斷電話。

33

後來發生的事情，我一開始就說了，幾乎全說了吧。這棟公寓的大門總是嘰嘰叫，上了油也沒用，因此迪特．提貝瑞歐斯的屍體被抬出去時，大門同樣嘰嘰響。我站在窗邊看，並不覺得欣喜若狂，但是鬆了一口氣。當時警方已經帶走父親，我先打給瑞貝卡，再打給母親。兩人都不意外，我們沒談到那樁罪行或是先前發生的事，全心全意都放在爸爸身上，只想著該如何幫助他，如何讓他坐牢時更輕鬆。

警方偵查時，起初負責的警司認定整件事情是我們全家共謀殺人，但是我們向他保證我們從未討論過，而且此言不假。我的確沒和父親提過迪特．提貝瑞歐斯，那段期間，我們只和對方說過一次話，那次是他的生日，而且我們聊的也不多，只說「祝你年年有今朝」、「謝謝」、「你好嗎？」、「很好，你呢？」、「我也很好」、「保重」、「你也是」；這就是我們父子交流的模式。我從未請母親找父親談，瑞貝卡也不知情，畢竟我們也沒有所謂的計畫可以讓她參與。我們彼此溝通的模式各不相同，非常含蓄，向來如此。每個人都聽得懂暗示，心照不宣並不違反法律，畢竟沒有人能拿出證據。最後的關鍵就是父親扛下所有罪刑，否認與任何人共謀，警司便沒再追究。我不知道他是否相信我們，總之他一定明白他找不到任何證據。

隔年三月開始審判，我很緊張。我們知道檢察官一定會求處謀殺罪，但是我們的律師認為陪審團最後可能會以過失殺人結案。謀殺罪是無期徒刑，至少得服刑十五年。過失殺人頂多判十五年，可能只要服刑七年半就能假釋。問題是父親當時已經七十七歲，是否還能等到重獲自由的那天。

陪審團主席是五十多歲的金髮婦女，她生著一張友善的圓臉，髮型極度蓬鬆，幾乎讓腦袋瓜變成兩倍大——上戲院時，我最討厭坐在這種人後面——戴著誇張的金色珠寶。五十出頭的檢察官身形消瘦，幾乎毫無贅肉，我可以想像他跑馬拉松的模樣。他要求法庭判我父親殺人罪，因為他有預謀，又有殺人犯的特質。有些聆訊的人聽到都發出噓聲。法庭幾乎坐滿，媒體鉅細靡遺地報導這件案子，多半都持同情立場。最支持我們的報紙，恐怕是那些我平常不看的幾家，現在它們卻成了我的盟友。遭到威脅的家庭以自己所能接受的方法解決事情，我開始以全新的角度閱讀八卦小報。如今我認為這也是另一個警訊——其他還包括我的狂妄言論，和改變立場的想法——證明迪特．提貝瑞歐斯將我們推入野蠻深淵。當然，罪行本身也不文明。

剛開庭時，父親便在庭上自白認罪。他不像我，說起話來鏗鏘有力。他描述自己多麼擔心孫子、兒子和媳婦的安危，害怕他的家人可能會因爲「住在地窖的男人」遭遇不測。他憤怒地說到當局的無能，批評國家無法保護奉公守法的無辜家庭。如果我沒看錯，法官和檢察官都滿臉羞愧。

「我有罪，」父親最後說，「我殺人，因爲我不知道還能用什麼方法幫助家人。我必須因此受罰，也會懷著謙恭的心情接受懲罰。」

父親冷靜自持，我很推崇他這點，他完全沒提到這樁罪行的細節。

他還沒說完時，法庭門開了，有個穿著連帽運動衣的男子走進來。他的帽兜拉得很低，我花了一會兒功夫才認出自己的親弟弟。我示意他坐到我旁邊，但是他在外圍找到位子。他去青島之後，我就沒見過他，寄出去的電郵也沒有回音。我很高興他回來，他的眼神如此不友善倒是令我意外。

當天早上，瑞貝卡是第一個出庭的證人。她描述她擔憂自己和孩子的安危，說到那些信件和詩帶來的痛苦。她表現精湛，泰然自若，又不是平靜無波——那些可怕的回憶糾纏著她，卻無法逼她屈服。我們的律師堅持朗讀提貝瑞歐斯所有信函，他誦讀之際，我可以感受到衆人的震驚。

瑞貝卡之後就是我上庭作證。我也提到我們的憂慮，並且詳實地描述我爲了解決問題如何求助於法律。我整段證詞的精髓就是「無助」，我們自始至終都感到無助，也因此痛苦不堪。我們信任邦政府，政府收了我們的稅金（我們定期繳納），得到我們的效忠（我們每次選舉都不缺席），卻任憑我們求助無門。我不如瑞貝卡鎮靜，聲音偶爾會顫抖，但是我表現得也不差。我偶爾會瞄向弟弟，但是我看不到他的眼神，因爲他兩手托腮，眼睛盯著地板。

檢方不斷丟來各式各樣的問題，他問我們爲何不乾脆搬走？

「別人無故冤枉你，你會放棄自己的家嗎？」我反問。

「我肯定不會靠殺人解決問題。」檢察官說。

此時我們的律師插手：「你暗指證人犯下謀殺罪嗎？」

他說，檢方沒有任何暗示。

審判長要求雙方語氣持平，並詢問檢察官是否還有任何問題要問證人。

「沒有問題了。」檢察官說。

休庭時，我筆直走向弟弟。我想像往常一樣友愛地擁抱他，但是他身體僵硬、反應古怪，本能地拒絕我的擁抱。失望之餘，我放開他，因爲瑞貝卡也等著抱他。他們兩人緊緊擁抱對方，充滿感情。

「你爲什麼戴著帽兜？」瑞貝卡想知道，弟弟說法院常審判米克爾的手下，他可能會碰到他們，那幫人還沒放過他。

我們到法院對街的酒館，咖啡和三明治還沒送來，弟弟就陰沉地問我，語氣甚至可說是憤怒：「爲什麼要把爸爸拖下水？你爲什麼就不能自己動手？」

我說我沒拖他下水，從未和父親提過殺人，甚至根本沒和他說上幾句話。「你也知道他這個人。」我說。

「別再胡扯了，」弟弟說，「你我都很明白是你拖他下水。」

這次我只能虛弱地否認。

「你爲什麼就不能像個男人一樣自己解決？」他的語氣依舊陰沉。我說這是最好的解決方法，如果我幹了，保羅和小菲不只失去家裡唯一賺錢的大人，也會失去父親，失去陪伴他們的人。他們同樣會在沒有父親的情況長大。

「你說『他們同樣』是什麼意思？」弟弟強調「同樣」這個詞，斥責我。

「就像我們一樣。」我說。

布魯諾說，他的童年才沒有缺乏父愛。這會兒他的語調不只是陰沉，已經很蠻橫。

我說，我們的父親從未爲我做任何事情。如今有機會幫我，他也把握住了。

「懦夫。」弟弟提高音量。

隔壁桌的客人是法官或穿了長袍的律師，有幾人轉頭看我們，弟弟對他們比中指。瑞貝卡伸手放在布魯諾的前臂，說：「別這樣。」餐點上桌了，我們默默地吃著，弟弟終於說起他在中國的生活。我們過馬路回法庭，當天下半段的審判要開始了。

父親可觀的槍枝收藏在審判中扮演重要角色。檢察官起初認爲這正好證明他的「暴力傾向」，後來我方律師召喚心理學家爲父親作證。這人給我留下極佳印象，他將父親描繪成古怪人物，但絕對不是傻瓜——他「受到未經消化，甚至不肯面對的戰爭創傷影響」，因此「異常需要安全感，同時又渴求暴力」——然而他並不「追求實現」這種欲望。

心理學家說，父親可以「控制他的殺戮幻想——許多人都有這種幻想——不會與現實混爲一談，」但是他「若陷入徹底無助的狀態，就相當危險。因爲他必須將腦中反覆出現的想像付諸實行，恐懼反而讓他百無禁忌。」他家人的困境導致他陷入這種狀態，因此成了導火線，「誘發狄芬塔勒先生，將幻想中的暴力傾向化爲實際行動。」我完全不知道專家說法是否屬實，但是整套說法錯綜複雜，似乎很有說服力，也解救父親，不致被套上「暴力傾向」

的汙名。

法官宣布第一天審判到此結束，但是我們的律師請她再傳喚另一個專家證人。我很意外，這不如我們先前的討論，法官對他突然出招也相當不高興。律師說，某名心理學家在休息時找上他，因爲他在報上看到這個案子，也因爲他認識迪特．提貝瑞歐斯，所以特來旁聽。這會兒法官有興趣了，檢方也願意聽聽專家說法。

我很緊張，因爲開庭以來都很順利。我最大的隱憂並未成眞：就是人們把迪特．提貝瑞歐斯當成貧富鬥爭的受害者，視我們爲剝奪窮人的邪惡資產階級。在我看來，這位心理學家可能會朝那個方向帶風向。他穿的燈心絨長褲膝蓋處寬鬆，搭配的格子西裝外套在手肘處有皮革拼布，脖子上掛了一副老花眼鏡。

「就聽聽你要說什麼吧。」證人上台自我介紹後，法官說。我身子往前傾，彷彿想聽得更清楚，旁邊的瑞貝卡也和我一樣緊張。

這位心理學家在迪特．提貝瑞歐斯二十八歲時就認識他，當時提貝瑞歐斯宣稱嚴重沮喪，無法工作，社會福利單位派他去查個究竟。

「我和他面談好幾次，」心理學家說，「迪特．提貝瑞歐斯來自中低收入家庭，家然不是赤貧，也不富裕。他的父親很早就拋妻棄子，完全棄他們於不顧。儘管他苦苦哀求，父親從未與他聯絡，也沒付贍養費，雖然他後來在電子產品公司擔任業務，收入也不差。提貝瑞歐斯的母親無法同時上班又照顧兒子，常打他，將他鎖在屋外。起初是幾小時，後來是整天，有一次甚至不讓他進門過夜。社工常造訪他們家，最後他的母親放棄，將兒子交給社福機構。那年他才九歲。」

心理學家說，當時就肥胖的迪特・提貝瑞歐斯成為孤兒院少年的霸凌對象。智商較高也是他遭到欺負的原因，心理學家說提貝瑞歐斯很聰明。他長篇大論地描述迪特・提貝瑞歐斯的遭遇：遭人侮辱、毆打、性虐待，有一次甚至被迫用自己的糞便刷牙。我承認，我聽到這番話並不覺得同情，只覺得擔心。我聽到此起彼落的嘆息，納悶眾人對迪特・提貝瑞歐斯的痛苦會有什麼反應。

心理學家繼續說，當提貝瑞歐斯二十歲時，似乎有機會擺脫複雜的出身。他勤奮向學，修了資訊科技課，找到他喜歡的工作，五年後卻辭職隱居。心理學家表示，提貝瑞歐斯的確患有嚴重憂鬱症，他童年和青春期的「多重創傷」導致他極度怠惰。法官問他，能否告訴大家何謂極度怠惰。心理學家說：「就是無精打采、漠不關心。」

檢察官問到，迪特・提貝瑞歐斯是否有戀童癖。妻子抓住我的手，我們都屏息以待，就快知道我們當初是面臨哪種威脅了。以前我希望危險性不大，現在則祈禱越嚴重越好。一切都過去了，我們不會發生任何不測，現在的重點是陪審團必須認定犯案有理。

「當然沒有。」專家說。

我很震驚，迪特．提貝瑞歐斯在這個人口中似乎罪不致死。

檢察官問，迪特．提貝瑞歐斯暴力嗎？

「一點兒也不會。」專家又說，彷彿很開心自己可以讓大家驚訝連連。衆人開始耳語。不可置信，不可能吧。他對我們如此凶殘，我們熬得很辛苦。眼前這個人卻說他的性情不殘暴？就連我也突然覺得，殺死提貝瑞歐斯的理由似乎有瑕疵。我當然覺得我們多少也要爲提貝瑞歐斯的死負責，但是想到妻小可能遇害，我的罪惡感就小多了。如今這個觀點開始動搖，原來他們沒有危險，我誤會了。當然，任何危險都不能小覷，但是在現實世界，揣測無法得到道德力量的支持。

這會兒父親的律師出面干預。他指出迪特．提貝瑞歐斯對我們做的所有事情，結語是：「這就是所謂的暴力男。」

「正好相反，」心理學家說，「迪特．提貝瑞歐斯是受虐狂。」人們又開始低聲議論紛紛。

「能不能請你進一步解釋？」律師問。

「當然可以，」專家說，「憤怒的女人最能讓迪特．提貝瑞歐斯性興奮。」

這時我聽到前所未聞、空前絕後的尖叫聲。這個叫聲彷彿劃破我的右耳膜，因爲妻子坐在我右手邊，放聲大叫的人就是她，聲音尖銳、毫無保留，衆目睽睽之下，原本坐著的她也站起來。法官問她怎麼了，但是妻子沒回答，瑞貝卡沒說話。法警過來要帶她離開，但是她不肯。

「瑞貝卡，」我的語氣和緩，「坐下。」

意外的是她馬上停止大叫，結束和開始都很突然。她坐下來，冷漠地聽專家繼續說。

「我能否評論這件事，」他說，「我希望有這個機會，可以嗎？」

「請便。」法官說。

「提貝瑞歐斯，」專家解釋，「精心安排整齣戲，就是爲了激怒狄芬塔勒太太，他想聽她大叫，他才會覺得『性致高昂』。指控女人性虐待親生子女，是不是最能惹火母親？」

法庭鴉雀無聲。

瑞貝卡馬上就懂了。我了解她的心情，因爲我也有同感。再次覺得遭到玷汙，也覺得受到凌辱。迪特．提貝瑞歐斯耍了我們，我們也上當了。他知道瑞貝卡易怒，從地下室聽過她尖叫，故意用恬不知恥的文字和不實控訴逼她抓狂。

「所以他強暴了我。」瑞貝卡靜靜地對我說，「不對，我說錯了，他在意識上和我上床，我卻沒有反抗。」

我雙手抱住她。雖然在某種程度上，我遭到背叛，卻無法對妻子生氣，因爲她紅杏出牆並非自願。如今我看到衆人投來同情的眼光，情勢又對我們有利了。

後來的審判沒再發生意外事件。檢察官沒改變心意，開庭第二天，他就要求法庭判謀殺罪。他說，他明白我的父親想保護家人，但是計畫犯法殺人，就是明知故犯，是最殘暴的私刑。檢察官又指出，我的父親並未受到直接影響，也沒考慮其他解決方法，例如我們搬家。

他說，這件案子符合謀殺罪的決定性特徵，亦即惡意預謀，因爲死者不疑有他，而且手無寸鐵；他沒想到會遭到被告攻擊，也不可能想到，況且死者也沒有合適的防衛工具或實際的逃生方法。檢察官的結辯是他別無選擇，只能求處無期徒刑，雖然被告可能十五年後就能假釋。考慮到被告年齡，這個刑責格外嚴苛，但是無可避免。

我們的律師懇求法庭判求處六年徒刑的過失殺人罪，特別強調我們家的苦處。我在這裡就不再贅述。法庭最後認同我們的看法，判處過失殺人罪，但是在檢方要求下，刑期多加了兩年：判處八年，最快要四年後才能假釋；如果當局許可，也許能在一、兩年之後減刑，改爲日間居家居留。現在我們正等著批准函。

34

「爸？」

我今天又去了。父親沒應我，又半夢半醒地打盹。今天孩子跟我一起來，我每個月帶他們來一次。我們原本每兩週來一次，但是監獄不適合孩子造訪。起初他們大哭，以爲背後關上的厚重鐵門再也不會打開。比較有把握之後，他們開始在走廊狂奔。我喝斥他們安靜，卻又想到沒理由要他們在牢裡不吵鬧。後來他們兩人就覺得無聊，雖然今天帶了畫畫用具，他們還是百無聊賴。孩子共坐一張訪客椅，畫著有動物的風景畫，我和卡基聊天。有時他們抬頭看爺爺正在做什麼，他只是坐著發呆，沉默不語。他令孩子感到害怕，我已經發現好一陣子了，只希望他沒注意到。我眞心期盼。

卡基說父親在牢裡備受尊重。其他犯人推崇他儘管年事已高，依舊勇敢做掉那個「混帳」。卡基說過許多次，我聽起來只覺得其他犯人瞧不起我，因爲我把苦差事都丟給父親。

此外，我也不欣賞這種讚美，不知道犯人將他們爺爺當英雄對孩子會有什麼影響。當然，案件發生後，我們必須和他們談談，我們說爺爺受不了家人可能會遭遇危險，所以決定做個了結；這種說法很容易理解，當然，開槍殺人是不對的。我們也告訴他們，爺爺受到懲罰很公平，因此現在才會坐牢，然而之後他就會出獄，生活又能恢復正常。孩子的問題都很實際，例如爺爺在牢裡能不能看雜誌之類，這點我們就能肯定地答覆。如今他們很能接受有個爺爺在坐牢，但是每次探監之前都會哀號，因爲他們覺得很無聊。

帶著他們，我也覺得難捱。因爲卡基滿腦子都是犯罪事件，雖然他自己有三個子女，卻完全沒意識到哪些暴行可以（或不可以）在孩子面前提起。我今天又得巧妙地引開話題，引導他聊些比較無害的領域，今天就談起硬幣，儘管我一點興趣也沒有。卡基蒐集硬幣，所以有許多心得。

時間過得很慢，結束前十分鐘，我就叫孩子收拾畫具。小菲畫了農場、吃草的乳牛，最重要的是，她還畫了鐵幕外的太陽。她起身繞過桌子，把畫送給她爺爺，父親道謝。保羅送他一部玩具跑車，他微笑。孩子不好意思說再見，只能和他握手，甚至都沒直視他。他們也和卡基握手，父親和我彼此擁抱，我們便回家了。

35

大門嘰嘎響，我抬頭看，摩爾多瓦婦女回來了。她看到我便揮揮手，我也揮一揮，我們臉上都掛著對鄰居示意的微笑。洗衣工廠那名摩爾多瓦婦女如今住在地下室，這名豐腴的婦女將近四十歲，文靜友善，毫無可怕之處。但是某一次她烤蛋糕送來，我們的確恐慌了一下，擔心又是個恐怖鄰居，幸好不是。她不太與人打交道，只是偶爾對我們表達善意，我們也會回送實用的小禮物，例如保溫壺、漂亮的沙拉盤。畢竟她生活不寬裕。

有時洗衣店經理晚上會過來待一、兩個小時。他們一家就住在附近，但是我們沒有中產階級的心理障礙，只要他們自己擺得平，人們想做什麼就做什麼。雖然他紫紅色的燈心絨長褲引人發噱，我們在大門口碰到他也不會露出幸災樂禍的笑容。他來探望摩爾多瓦婦女時，總穿著紫紅色燈心絨長褲。夏洛登堡有間商店販售各種顏色的燈心絨男褲，不知爲何，某一類型的男子——五十歲以上，通常是禿頭——總覺得非穿顏色鮮豔的燈心絨長褲不可。

黑標特釀紅酒幾乎沒了，我今天喝得特別多，因爲接下來的事情很難說出口。我必須寫下我從未透露的事實，也許以後某一天，才能親口告訴瑞貝卡、布魯諾、母親，哪天也告訴兩個孩子。我認爲，他們才是該知道眞相的人，我卻遲遲不敢說，因爲我害怕他們從此改變對我的觀感，也許與我斷絕關係，也許對我心生崇拜，我不曉得。任何情況都可能發生，但我希望一切都能如常。我們的生活已經恢復正常，那是種新的秩序，說得矯情一點，就是後提貝瑞歐斯時代的平常作息。

如果我們沒有定期探監，日常生活就和以前差不多；然而我依舊每晚在院子巡邏，不是因爲我認爲迪特．提貝瑞歐斯的鬼魂會回來糾纏我們，而是我始終擔心，他也許有臭氣相投的朋友計畫爲死去的麻吉復仇。我帶著狗狗一起巡邏，反正牠晚上也得出來走走。牠到處嗅聞，有一兩次，我看到狗兒困惑地盯著刺蝟。我們知道附近有狐狸，牠倒是一次都沒現身；我們也沒再看到其他人。不太可能有人出面復仇，但是我們永遠無法回到以前無憂無慮的時光。然而這也不表示我買了槍。

我們只養了一隻高壯的羅德西亞脊背犬。牠在家很溫和，上街卻很危險，剛踏出家門時最瘋狂。遛狗時，我偶爾會想到自己終究走上父親那條路：我也武裝了。貝諾不是殺手，並不嗜血，我們也沒訓練牠攻擊外人。但是貝諾與生俱來的挑釁天性，多次令我尷尬困窘。牠狂吠、撲向路人時，我得趕忙安撫他們。在家時，我會抱著牠躺在地上，我們都喜歡這樣。然而貝諾的存在的確貶低我所擁抱的文明中產階級價值觀，因爲帶著一頭高大巨獸散步，怎麼說都給人反社會的印象。但是我們需要貝諾，沒有牠，瑞貝卡絕對無法恢復心靈平靜。當生活恢復正常，迪特．提貝瑞歐斯再也傷不了我們，妻子反而陷入抑鬱。面對危機時，瑞貝卡勇敢承擔，始終保持理智、冷靜，如今經常哭泣，卻又說不出所以然。我們養狗之後，情況才有所改善，牠帶來瑞貝卡需要的安全感。

多虧迪特．提貝瑞歐斯，我們夫妻關係改善之後便維持不變。我知道，這種說法很刺耳，但有時說出痛苦的事情對我們有好處，如果屬實更有幫助。迪特．提貝瑞歐斯開始中傷我們時，其實這個家已經千瘡百孔，這種說法也很不中聽。爲何痛苦有時能帶來好處呢？不知道，只能說我有這個體悟。如果客觀、疏離地看待我的婚姻史，迪特．提貝瑞歐斯出現時，我的婚姻顯然處於分崩離析階段。我之所以能認眞地審視自己、妻子和我們的婚姻，都要歸功於他。他進入我們的人生之後，我們的情況才改善。

謝謝你，迪特．提貝瑞歐斯。

這才眞正教我椎心。然而守護我下意識深井的蟾蜍，那些多疣的生物偶爾會放任這些字句浮出水面。我揮開感恩的話，將它們丟進水井深處，認定這些感激毫無來由。但我無法假裝沒注意到這種心情不時竄出，要是眞能駕馭自己的念頭就好了。至少我現在可以說，能與妻子長相廝守最令我覺得幸福，妄自尊大的狀態再也沒故態復萌。如今我的生活方式、想法和心情，都覺得沒有瑞貝卡，我便不完整。在我看來，這也許是婚姻生活最棒的基石。我說的不是相互依賴，我們依舊是兩個自主個體，只是少了彼此，我們就是不完整的自由人。

可惜我有時懷疑她是否與我有同感。我發現，在某些狀況下，她很快就對狗狗讓步。我們的羅德西亞脊背犬很愛吃醋，只要我擁抱瑞貝卡，牠就立刻撲到我們之間。我會逼牠離開，妻子則任憑牠推開我們。這是小事，我知道，然而她現在似乎多了點拘謹。也許要歸咎於那些可怕回憶，也許是我的錯。她和我弟弟、獄中犯人一樣，都認爲我懦弱無能嗎？

無論如何，我覺得這次危機激發我們一家最好的一面。我們通過考驗，雖然面臨威脅，但是同心協力，證明我們可以保護自己，最後還奪得勝利——只是「勝利」一詞恐怕不太恰當。我們戮力同心，確保安全。一個家庭還能得到更好的評價嗎？這就是了。

而且我又找回父親。事實如此，我就不予置評了。

我們好好安頓母親，我在附近幫她租了一間漂亮的小公寓，可以俯瞰花園。房東不介意我母親在花園蒔花弄草，她也很喜歡，不是修剪玫瑰，就是幫忙灌溉番茄。她幾乎每天來探望我們，陪孫子玩或讀書給他們聽。當然，她也想念丈夫，但是新生活不算太差，而且我恢復以前的習慣，又開始告訴她，我的生活有多幸福美滿。我們兄弟也和好，恢復往日情誼。我當衆演講時，偶爾聲音還會顫抖，但是情況還算差強人意。

我常問自己，結束迪特．提貝瑞歐斯的生命究竟對不對。這不是小事，我不會等閒視之，只是這些想法折磨著我。他從未攻擊我們，也許我們可以繼續忍耐度日，等待他受夠瑞貝卡的爆走情緒。但是他眞的有厭煩的一天嗎？我們永遠都無法擺脫恐懼，因爲我們不知道迪特．提貝瑞歐斯究竟打什麼算盤。每當這番沉思過後，我從不教訓自己是非對錯，迪特．提貝瑞歐斯的死讓我良心過意不去，但是我也無法想像繼續與他生活在同一個屋簷下。最令我放不下的是他只用言語攻擊我們，從未有實際的暴力行爲，他凌遲我們的心，卻未加害我們的身體，他只是用複雜的文化工具——也就是詩，雖然寫得很差——攻擊我的家庭。到頭來，我們才是野蠻人。不過我離題了，我不該拖泥帶水，應該趕快寫下我該說的話。我開了另一瓶黑標特釀，喝了一大口，現在牙齒一定都泛藍了，我不必照鏡子也知道。我的眼神飄向煤氣路燈，似乎想從燈光中找到慰藉或力量，才能面對接下來要說的事。每次看著路燈，我幾乎都會想到亞歷山大．布洛克[32]的詩。

32 Alexander Blok，俄羅斯詩人、戲曲家，詩歌帶著神祕浪漫的象徵主義色彩。

夜晚，人行道，街燈，藥房，
空泛的昏暗光暈。
時光流轉二十載——
景物依舊。無路可逃。

你死去——你從頭再來。
這次亦然，世道始終如一。
夜晚，運河的冰冷漣漪，
藥房，人行道，昏暗街燈。

世事不就是這樣？以前我害怕父親上樓攻擊我，後來又擔心迪特・提貝瑞歐斯上樓攻擊我們。小時候，我害怕武器，無所不用其極地逃避這種恐懼，後來卻舉手投降，一個男人因此中彈身亡。

狗了！別再廢話，說出事實吧。

36

事實真相。父親來訪的第三天早上，他坐在餐廳，面前放了一把瓦爾特ＰＰＫ手槍，我也坐下。起初我們都當槍不存在，默默喝著咖啡，但坐不語。一會兒之後，父親把槍推到我面前，就放在我的濃縮咖啡杯旁。我看著父親，他對我點點頭。我沒想多久就拿起槍，走下階梯到地下室，走到迪特．提貝瑞歐斯家門口。

我從頭到尾都把槍握在右手，姿勢並不僵硬，也沒高高舉起；我似乎做著熟悉的事情，感覺相當自然，握在手心的木質把手大小剛剛好。我不記得當時想著任何事情，我握著槍，打算去射殺迪特．提貝瑞歐斯。我毫不猶豫，根本沒多想。當時我心意已決，沒有理智思考的餘裕。

我摁了門鈴不久，迪特．提貝瑞歐斯就來開門。他通常躲起來不應門，但那也是因為我們下來時就吱吱喳喳或大聲咆哮。這次我沒說話，他不知道誰站在門外。我聽到他的腳步聲，門鍊被拉開，大門應聲而開。我舉起手，瞄準迪特．提貝瑞歐斯的腦袋。他距離我一公尺半，如果我沒打中，就不是父親的兒子。我轉身上樓。

父親站在門口，他接過手槍，拿到廚房用擦槍布仔細擦過，所以鑑識人員只發現他的指紋。他清完之後說：「你現在應該打電話報警。」我照辦。「去洗手。」父親說，我也再次遵命。

警方八分鐘後抵達。

「我殺了地下室的房客。」父親對萊丁爾巡佐說。那不是真的。

我，藍道夫．狄芬塔勒，殺了地下室的房客。這才是實話。

37

如果我沒記錯，接下來的日子，我幾乎沒多想自己成了殺人凶手一事。大衆一片譁然，主要原因就是父親殺了迪特．提貝瑞歐斯，我扛起自己分配到的角色：殺害迪特．提貝瑞歐斯凶手的兒子。我們和律師談過幾次，去牢裡探望父親，妥善照顧母親。當然，我們也細心照料孩子，他們才不致因爲爺爺的罪行——衆人所謂的罪行——失去快樂童年。我恍恍惚惚，太投入自己的角色，也全心相信。我的父親殺了迪特．提貝瑞歐斯，因爲大家似乎都把這件事情當成事實眞相，我也順理成章地接受了。

原本一切都很順當，直到某晚，我偕同妻子去「赫定」。那是案發三週後，我流鼻血之後，再也沒去過任何米其林餐館，我們也從未想過一起去，也許是因爲這些餐廳令人聯想到我們婚姻的黑暗期。但是三週後，我對瑞貝卡說：「我們去『赫定』，好好吃頓大餐吧。」那時風波已經稍微平息，我們看到父親妥善應付監禁生活，母親就算偶爾傷心，也不至於一蹶不振；起初孩子雖然困惑，也已經恢復活潑神采。

我訂好位子，母親來幫忙看小孩，我們轉眼就在都會感十足的冷調餐廳：藍色椅子、細紋木材、萊姆綠的青花瓷瓶、牆上哈洛．赫曼[33]的畫描繪著垃圾箱中脹鼓鼓的垃圾袋。就我的圈子而言，這個年代的每樣事物都要經過一番諷刺、貶低。我們在垃圾堆中也能看出精緻美感，當然，那是美化的垃圾。如果圖畫會發出畫中物體的味道，赫曼那幅圖絕對無法掛在「赫定」。

瑞貝卡和我沒點香檳。我們沒說好，但是兩人有共識，那晚不該有任何慶祝的儀式。我們很慶幸擺脫迪特．提貝瑞歐斯，但是有一個人沒命，我們不該歡天喜地。我點了一瓶便宜的紅酒，我們酌量品嘗，聊著孩子以及瑞貝卡想重拾研究工作。吃了第三道的岩鹽小螯蝦佐根芹泥，我突然覺得焦躁不安，開始冒汗。

「怎麼了？」瑞貝卡看到我的淺藍色襯衫顏色越來越深。

「我不知道。」其實我早就起疑了。其他顧客是去餐廳享受美食，雖然「赫定」的顧客也許喜歡看凶殺劇、熱衷討論非洲、亞洲的可怕極權，或戲稱美國政府也相差不遠，他們可不希望與殺人凶手共度一晚，除非此人已經服刑、改頭換面，也許他們還能勉強接受，但是我沒有。我察覺他們發現我是凶手，妨害他們享受這一晚，也玷汙了歡樂氣氛。如今我知道一切純粹是想像作祟，當時我卻看不出來。我突然覺得前所未有的突出、醒目，我向來不希望引人矚目，不喜歡成爲焦點，也不愛在衆人面前演說。我樂於當個不顯眼的人。

我們還沒吃甜點就離開，那是法屬圭亞那巧克力裹裸麥。

隔天我去咖啡廳打算喝杯濃縮咖啡，又有類似症狀。柏林的新聞在這種星巴克連鎖店等咖啡廳傳得最快，大家都到這種地方快速醒神，振作起來迎接下半天。這座城市異常緊張、敏感。每個人都負荷了各種過量的感想、噪音、衝突，一點點外力都會逼得他們精神錯亂，照以往的說法就是「神經衰弱」。我心想，我就是那一丁點外力，我這個殺人犯的出現是那最後一根稻草。

我在工作中也無法喘口氣。我偏偏靠蓋房子維生，而人們希望在家裡過得舒舒服服，但是殺人犯設計的房子教人怎麼住得安穩？

33 Harald Hermann，柏林藝術家。

38

我再也無法忍受柏林，因爲柏林也受不了我，至少我這麼認定。我告訴瑞貝卡，我需要休息，放鬆一週。她可以諒解，以爲我的父親殺了人，我一時無法接受。我飛去義大利阿爾卑斯山區的波札諾，再從那裡搭計程車到偏僻的家庭旅館。我不是登山客，也不特別喜歡爬山，但是我曾經去波札諾開會，很喜歡多洛米蒂山脈的荒涼景色。即使殺人凶手也無法打擾黑山白水的靜謐自若，畢竟這片山脈已經矗立千百萬年。

我中午進客房，下午一早就出發，但是沒有計畫、漫無目的。我走旅館旁邊的小徑上山，才走幾步，先前不肯多想的問題就開始糾纏我。痛恨槍械的人怎麼能開槍殺死人？奉公守法的人怎麼能用私刑解決事情？

我第一個念頭是，我們以前都住在泡泡中，因爲恐慌，所以脫離現實世界、失去理智、捨棄自己良善的一面。我們撤退到泡泡裡，在那裡過著焦慮的生活。孩子讓你容易產生這種想法，你告訴自己，你願意無所不用其極地保護家人，不會深究背後的涵義。

上山時，我心想，我就是在這個泡泡世界開始預謀殺人。我計畫行凶，但是其他人負責執行，那個人就是父親。我的心理壓力才不會這麼大，稍微減輕罪惡感。但是這麼做又引發另一個道德議題，我利用父親的技能達到目的，身為他的兒子，我覺得這麼做不無道理。如果最後由我開槍，也是因為情勢所逼，是一時情緒激動。父親將手槍推給我，我太過震驚，因此不假思索就行動了。

這下我很氣他，氣他把我拖進這整件事，但是也沒氣多久。再多走幾步，我便明瞭是我將他拖下水，他不過遵循我的計畫——只是他不想自己動手，只願意幫忙頂罪。父親大可不必這麼做。為了我，爸爸願意為他沒犯過的罪行入獄服刑，這種犧牲不是更偉大？

我又走了一小時，這些念頭反覆糾纏我。前方桑特納峰和奧伊林格峰高聳入天，山壁險峭、氣勢狂暴。眼前已經沒有樹林，只餘草地和碎石。我汗流浹背。天色漸漸變暗，我繼續前行。儘管惱人的想法一一浮現，我卻覺得很痛快，山崖絕壁可以應付這些紛紛擾擾，也能面對我。這片景色可以接納我，儘管我犯下謀殺罪，說得精準點是過失殺人罪，但是兩者差異不大，對我而言，刑期長短不重要。

我這個打破法律的守法男人繼續上山。然而法律黑白分明，不容任何例外。這點本來就顯而易見，但是我開始找漏洞時才有這個領悟。法律沒有任何漏洞，一定要賞罰分明，所有規定都有絕對權威。任何例外都有損法治。然而法律不會永久流放犯人，只會加以懲罰；犯人一旦服完刑期就能出獄。但是我沒有那個選擇，因爲我沒受到懲罰，沒負起責任。所以我永遠無法卸下重擔，這輩子都只能忍受殘酷又可恥的罪惡感糾纏。

想著想著，天色幾乎全黑，我很震驚，突然怕起群山萬壑。但是下一刻，我又無所忌憚。當我發現情況其實不太糟，我甚至感到失望。我上山走的是直線，從未左轉或右轉，很容易找到下山的路。我回頭，穿過黑夜的山路。回程絆倒了好幾次，因爲我體力不支，也沒穿登山靴，只帶了抓地力不足的慢跑鞋。我一身瘀青，臉上有擦傷，自覺像個笨蛋，因爲時間沒算好，也沒帶足裝備。有一部分的我覺得惋惜，因爲我沒有生命危險。我平安回到旅館，但是累到衣服都沒脫，躺上床就立刻睡著。

隔天早上，我照鏡子發現右頰受傷，紅腫的部分已經有幾道細細的痂疤。我暗忖，這就是殺人凶手的臉孔，然而殺人犯爲什麼是這副德性呢？我搭公車到附近小鎮買登山靴、地圖、小刀、背包、便當盒、打火機和一件刷毛外套，因爲天氣比我預計的寒冷。我正午時出發，頭頂的蒼穹無限淒涼，雲朵散布在灰色、藍色、深灰色的天空，糾結又混亂。我想的事情多半都和昨天一樣，晚間獨自坐在起居室，整家旅館只有我一個住客。一名老婦端來家常菜和瓶裝啤酒。家具是幾乎呈黑色的木材，一面牆上掛著有耶穌受難像的十字架，另一面掛著樹幹切下的木頭匾額，上面有古樸的字體寫著，福從天降。角落的綠色磁磚壁火爐燒著熊熊烈火，我在旁邊坐沒多久就開始冒汗，但是一離開又覺得冷。因此我不斷換座位，想定下心來讀小說。老婦收走餐盤時一語不發，我也覺得無所謂。

因爲我隔天五點就醒來，我到牛棚看老婆婆和她的丈夫擠牛乳。早餐後，我又出發登山。我考慮自首，接受該有的懲罰，坐牢贖罪。但是這麼做有什麼好處？孩子會失去父親，妻子會失去丈夫，他們三人頓失經濟依靠。他們必須賣掉公寓，也許還得背債。父親也不見得可以出獄，畢竟他提供凶器，又是共犯，無法卸責。沒錯，我終於可以爲自己犯下的罪行贖罪，但是心態很自私。自首可以舒緩我的罪惡感，卻會傷到我的家人。父親之所以入獄，就是因爲他與我有同樣看法。登山靴的尼龍鞋底在碎石上吱嘎響，我聽得到自己的呼吸，此外沒有任何聲音。天空下起小雨，我在山林間覺得適得其所。

我每天都穿過山嶺秋色，手機則留在旅館，傍晚回去才聽語音留言。有幾通是公事，當然還有妻子與孩子。第二或第三天之後，我便不再回覆公事，接著也沒回電給家人。我每天早上去看老夫妻擠牛乳，我想幫忙卻被拒絕了。天一亮，無論晴雨，我一定去爬山。我的腳步輕快，始終沒遇到任何人。肚子餓就坐下來吃午餐，大嚼醃香腸、圓麵包，喝點牛奶就繼續上路。

我的思緒常觸及迪特・提貝瑞歐斯。我原本希望這樁命案——過失殺人——可以徹底解決他，如今他的鬼魂反而時時在我頭邊吹氣。我兩相比較我們的人生，比較我們的父親，他們大概就是讓我們走上不同道路的原因，他的父親一走了之，我的留下來，雖然古怪，卻沒在我的人生缺席。留下來很重要，因爲離開會造成莫大影響。我當時就暗自立誓，絕對不丟下自己的家人；但是那種自命清高的心情只是再次證明我的自鳴得意，那只是毫無價值的自以爲是。

我也納悶，最後我開了槍是因爲我的出身背景，因爲射擊可說是我與生俱來的天性。

「你看，這都在你的基因裡。」瑞貝卡會這麼說。

「不對，」我會反駁。「這不是我的遺傳，我的父親從未對任何人開槍，這不是他的天性。他不是殺人凶手，他下不了手，也不肯下手。他生性溫和，可怕的人是我，」我會補充。「我有選擇，那是我的決定。」

但是我沒再和瑞貝卡通話。每天下午，我躺在太短的床上沉思。如果手機響了，我就看看螢幕確定是誰打來，然後置之不理。我調成靜音模式便睡著，醒來時看到震動的電話在床頭桌上匍匐前進。我坐起身，看到是瑞貝卡打來，又躺下。震動的手機接近桌子邊緣，猶如受傷的動物。我想接好電話，又覺得心有餘而力不足。如果我握住電話，我就得接通，但是我說不出該說的話。手機掉到地上，我聽到它又震動了兩次才無聲無息。我在床上躺到晚餐時間，當天晚上我問老婆婆，原本只訂一週，現在能否延長天數？她說，沒問題。

天氣越來越差，風勢變大，開始下起初雪。我照樣每天出門，就算只有一小時也好。其餘時間，我不是躺在床上，就是在院子或牛棚遊蕩。第十天健行回來時，瑞貝卡就坐在起居室。

「藍道夫藍道夫藍道夫，」她說，「我知道你狀況不佳，但是家裡需要你。」

隔天我和她一起飛回柏林。我有點擔心，深怕自己不該出現在這個神經緊張的城市，結果沒有異狀。起初幾天，我還算應付得來，後來柏林又成為我的城市。生活又回到正常軌道，恢復到後提貝瑞歐斯時期的日常。

然而我該說的話依舊沒說出口。我已經準備妥當，只是還沒決定該先把這些紙稿交給她，或是當面告訴她，也許就趁我們去遛狗的時候吧。我猜兩者沒有太大差異，關鍵在於她很快就會發現枕邊人眞正的樣貌。我想過，也許透露這件事時——她一定會大感震驚——還要另外宣布一件好事。我要告訴她，我已經準備好幫我們一家設計、興建一棟樓房。她一定喜歡，我會實現她的夢想。

致謝

我要感謝湯瑪斯・安提（Thomas Ante）和傅利滕・哈斯（Friedhelm Haas）。

本書菜單來自柏林餐廳 Tim Raue、Reinstoff 和 Vau。

愛讀本002

惡鄰
FEAR

作者　德克・柯比威特 Dirk Kurbjuweit
譯者　林師祺

出版者　愛米粒出版有限公司
地址　台北市10445中山北路二段26巷2號2樓
編輯部專線　（02）25622159
傳真　（02）25818761
【如果您對本書或本出版公司有任何意見，歡迎來電】

總編輯　莊靜君
企劃　葉怡姍
校對　黃薇霓
印刷　上好印刷股份有限公司
電話　（04）23150280
初版　二〇一八年（民107）一月一日
定價　320元
總經銷　知己圖書股份有限公司　郵政劃撥：15060393
（台北公司）台北市106辛亥路一段30號9樓
電話：（02）23672044／23672047　傳真：（02）23635741
（台中公司）台中市407工業30路1號
電話：（04）23595819　傳真：（04）23595493
E-mail: service@morningstar.com.tw

網路書店　http://www.morningstar.com.tw
法律顧問　陳思成
國際書碼　978-986-95206-7-6　CIP：875.57/106021418

愛米粒出版有限公司
Emily Publishing Company, Ltd.

因為閱讀，我們放膽作夢。愛米粒不設限地引進世界各國的作品。在看書成了非必要奢侈品，文學小說式微的年代，愛米粒堅持出版好看的故事，讓世界多一點想像力，多一點希望。

愛米粒出版
Emily

廣 告 回 信
台北郵局登記證
台北廣字第04474號

平　信

To：愛米粒出版有限公司　收

地址：台北市10445中山區中山北路二段26巷2號2樓

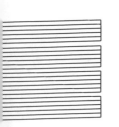

＊請沿虛線剪下，對摺裝訂寄回，謝謝！

當 讀 者 碰 上 愛 米 粒

姓名：＿＿＿＿＿＿＿＿ □男／□女 出生年月日：＿＿＿＿

職業／學校名稱：＿＿＿＿＿＿＿＿

地址：＿＿＿＿＿＿＿＿

E-Mail：＿＿＿＿＿＿＿＿

※請沿虛線剪下，對摺裝訂寄回，謝謝！

- **書名**：惡鄰

- **您想給這本書幾顆星？**

☆☆☆☆☆

- **這本書是在哪裡買的？**

a.實體書店 b.網路書店 c.量販店 d.__________

- **是如何知道或發現這本書的？**

a.實體書店 b.網路書店 c.愛米粒臉書 d.朋友推薦 e.____________

- **會被這本書給吸引的原因？**

a.書名 b.作者 c.主題 d.封面設計 e.文案 f.書評 g.____________

- **對這本書有什麼感想？想對作者或愛米粒說什麼話？**

※ 只要填寫回函卡並寄回，就有機會獲得神祕小禮物！

讀者只要留下正確的姓名、E-mail和聯絡地址，
並寄回愛米粒出版社，即可獲得晨星網路書店$50元的購書優惠券。
購書優惠券將mail至您的電子信箱（未填寫完整者恕無贈送！）

得獎名單將公布在愛米粒Emily粉絲頁面，敬請密切注意！
愛米粒Emily: https://www.facebook.com/emilypublishing

愛米粒出版有限公司
Emily Publishing Company, Ltd.